公家武者 松平信平

狐のちょうちん

佐々木裕一

時代小説

二見時代小説文庫

目次

公家武者 松平信平《のぶひら》——狐のちょうちん

序章

時代《とき》は慶安《けいあん》三年（一六五〇年）――。

その日、江戸の空は快晴であった。

京橋北の南伝馬町《みなみてんまちょう》は、日本橋へ向かって真っ直ぐな広小路が続いている立地のため大店《おおだな》が軒を連ね、年中活気に満ちた場所である。

若い男女が流行を求めて集まり、己の着ているものや髪型などを人に見せ、あるいは見たりして、楽しんでいる。

目立つことだけを考えて芸者のように派手な振袖を着る娘がいれば、渋めの小袖を粋に着こなして、大人ぶる娘もいる。

それは男も同じで、地味な着流しを粋とする者がいれば、芝居小屋の役者を真似た派手な着物を着て、顔に薄く白粉《おしろい》を塗り、眉墨まで引いて表情に色気を出す者もいた。

それゆえ、少々奇抜な姿《なり》をした者がここを通ったくらいでは、人々は見向きもしない。

だが、今日は違っている。

広小路を北に歩む一人の若者の姿に、店先《たなさき》で働く者は仕事の手を休め、買い物客は足を止めて振り向き、まるで水面に小波《さざなみ》が伝わるように、広小路の北へ人々の視線が流れる。

「まあ、なんという美しさでしょう」

「ほんに」

武家の女中らしき若いおなごが囁《ささや》き合い、うっとりとした目をして手を握り合っている。

その様子に、例の、役者のように派手な着物を着て得意顔となっていた男たちが、若者に嫉妬の視線を向けて舌打ちをした。

「貧乏公家がなんでい」

と、面白くなさそうだ。

公家と言われたのは、若者が狩衣《かりぎぬ》を着ているからだ。

純白の生地《きじ》に銀糸で雲鶴紋《うんかくもん》が刺繍された狩衣は上等な物で、ぴんと張った肩口から見える単《ひとえ》の赤色と、抹茶色の指貫《さしぬき》との組み合わせが鮮やかである。

狩衣から覗く腰の太刀は、柄《つか》と鞘《さや》が鶯色《うぐいすいろ》に統一され、柄の頭金《かしらがね》と鞘の鐺《こじり》は金箔が施されていて、それを、侍のように刃を上にして帯に差すのとは違い、刃を下に向け、太刀の反《そ》りを上向きにして腰に帯びている。

その姿たるや華麗で、派手な着物をぞろりと着る巷《ちまた》の男などは、やぼったく見えてくるほどだ。

女だけでなく、男の目までも引くのはなにも狩衣のせいだけではなく、立烏帽子《たてえぼし》を被る若者が、一重《ひとえ》の切れ長の目を涼しげに伏せて歩む姿が、神々《こうごう》しくも見えるからだ。

人々の注目を浴びる若者であるが、当の本人はそのようなことにまったく興味がないのか、伏せ気味の視線を動かすでもなく、静かに町中を歩んでいる。

広小路を左に曲がり、鍛冶橋《かじばし》を渡って御門を抜けると、土佐藩江戸上屋敷などの大名屋敷が並ぶ道を歩み、開かずの馬場先《ばばさき》御門前を右に折れてお堀沿いを進み、左手に見えてきた橋を渡って和田倉《わだくら》御門を潜った。

そこからは、幕府重職に就《つ》く譜代大名たちの屋敷が建ち並ぶ聖域である。

西の丸下大名小路を南に下るが、ここまで来ると外を出歩く者の姿はなく、町人地の喧騒《けんそう》が嘘のように静かである。屋敷の門はどこも堅く閉ざされ、中の様子はまったく分からない。

若者は、馬場先御門前を右に曲がり、二件目の屋敷の門前で足を止めた。

そこは、幕府老中、阿部豊後守忠秋《あべぶんごのかみただあき》の屋敷だ。

門の前に立つや、番所の格子窓から覗いた門番が、潜り門を開けて出てきた。

髪を撥鬢《ばちびん》に結い、長柄《ながえ》を持った中間《ちゅうげん》が腰をかがめて歩み寄り、公家の格好《なり》をした若者を上目遣いに見ながら、用向きを訊《き》く。

「豊後守殿の指図により参り申した」

まだ若々しい声が言うと、

「お名は？」

「鷹司《たかつかさ》、信平《のぶひら》じゃ」

「し、少々お待ちを」

顔色を変えて頭を下げた中間は、背を返すと小走りに門内へ消えた。

春の風が大名小路を吹き抜け、どこからか飛んで来た桜の花びらが、信平の周囲にひらひらと舞う。

この若者、鷹司信平は、江戸城、中の丸様の弟である。

中《なか》の丸《まる》様とは、現《ときの》将軍徳川家光《とくがわいえみつ》の正室、鷹司孝子《たかこ》のことだ。

信平の姉孝子は、寛永《かんえい》二年（一六二五年）に家光と婚礼して御台所《みだいどころ》となったのだが、結婚当初から家光とは不仲であり、間もなく大奥から追放された。以来、江戸城内に設けられた邸宅で軟禁状態の生活を送っている。

一説では、家光の生母崇源院《そうげんいん》派が送り込んだ人物であるため、家光と春日局《かすがのつぼね》が忌み嫌い、孝子を冷遇しているといわれている。

京で暮らし、訳あって鷹司家の屋敷に住まわぬ信平がそのようなことを知るよしもなく、この度、姉の孝子を頼って江戸に下って来たのだ。

ほどなく、内側で閂《かんぬき》を外す音がして、蝶番《ちょうつがい》の鈍い音を発して大門が開かれた。

わざわざ櫓《やぐら》門の大門を開けたのは、公家の身分である信平に配慮してのことだろう。

中は手入れの行き届いた庭木が、見事な枝ぶりを見せている。巨大な屋敷の瓦屋根が見えるが、信平の視線はその光景をはっきりと捉えていない。開け放たれた門から現れた、中年の侍に視線を向けたからだ。

「あるじ、豊後守様がお待ちでござる」

山本兵部《やまもとひょうぶ》と名乗る家来が軽く頭を下げて言うと、鋭い視線で信平を見るや、背を返して屋敷内に案内をした。

背後で表門が閉ざされる音を聞きつつ、信平は山本のあとに続く。

玄関に入り、式台を通って案内された御広間で待つこと四半刻（三十分）。出された茶がすっかり冷めた頃に、屋敷の主が現れた。

狩衣姿の信平に対し、裃《かみしも》の礼装で応じた主は、

「やあ、お待たせいたし申した」

と、四十八歳になる幕府老中、阿部豊後守忠秋は遠慮がない。

「鷹司信平にござりまする」

平伏する信平の前に屈託のない笑顔で座ると、堅苦しい挨拶は抜きにして、と、早速に本題に入る。

「信平殿、上様にお会いになる前に、この忠秋に話していただかなくてはならぬことがござる」

「はい」

信平はようやく顔を上げた。

豊後守は四十八にしては皮膚の張りと艶があり、将軍家光が一目《いちもく》も二目も置く人物だけに堂々としていて、きりりとした目つきをしている。

「中の丸様より、弟信平をよしなにと頼まれたのだが、正直申して、上様はお困りじゃ」

「……中の丸様とは、姉上のことでございますや」

「うむ、孝子様は既に大奥を引退めされ、吹上《ふきあげ》御殿でお暮らしなのだ」

「存じております」

「うむ、でな、信平殿、貴殿はこの江戸に暮したいと申されたようだが、それに違いはござらぬか」

「はい」

「なぜにござる」

「麿《まろ》は鷹司家の血を引く者ではございますが、庶子《しょし》ゆえ、他の五摂家《せっけ》に養子入りするか、門跡《もんぜき》寺院に入るしか道がございません。ですが、麿は、そのどちらにもなりとうなく、姉上に手紙を出してそのことをご相談申し上げたところ、江戸に下って参れと申されたのでございます」

「うむ、それよ」

阿部は視線を下げ、困惑した表情となった。

「中の丸様は、なぜそのようなことを申されたのであろうか。徳川家に嫁がれた時などは、侍ごときが、と、上様を下に見られ、戦《いくさ》をする我ら武者どもを忌み嫌われていたと申すに」

「公家の者は、徳川より領地を賜っておきながら、位は我《われ》が上と思うておじゃる。若き頃の姉上も、そう思われておられたのでございましょう」

「ほほう……今は違うと申すか」

「はい」

分かっているではないかと言わんばかりに、豊後守が目を細めた。

その目を真っ直ぐ見て、信平は続ける。

「姉上は、徳川に輿入れしたことを幸せに思うていると、手紙にしたためておられました」

「それは、まことか」

「はい。輿入れ間もなくして新しき御殿を建てていただき、以来二十数年、正室の激務をさせられることもなく、のんびり楽しく暮していると」

豊後守は目を丸くしている。皮肉にも聞こえたのだろう。

信平の申すとおり、鷹司孝子は結婚後程なく、大奥から追い出されるように吹上御殿へ移されたのだ。

「……まことに、そう申されたか」

「はい」

豊後守は知らぬことだが、鷹司孝子を突き放したのは、将軍家光の優しさである。

当時、今は亡き家光の母崇源院と、家光の乳母春日局が壮絶な権力争いをしており、大奥は真っ二つに割れていた。

そこへ入った孝子は、崇源院派が送り込んだ人物として春日局から攻撃の対象になり、命の危険さえあった。

それを知った家光が、美しき我が妻を守るためにわざと冷たくし、吹上に御殿を建てさせ、大奥から遠ざけたのだ。

当時孝子がそのことを知っていたかは不明だが、家光はほとんど中の丸に顔を見せなかったため、二人のあいだに子はない。だが、家光の子、後《のち》の四代将軍家綱《いえつな》が孝子を実の母と慕っていることからも、家光が孝子のことを忌み嫌っていたとは思えぬ。

さて、それはさておき、豊後守は困っていた。

春日局も七年前にこの世を去り、大奥も落ち着きを取り戻しつつあるこの時期に、孝子はなぜ弟を呼び寄せたのか。

公家の弟を側に置き、権力を増して大奥へ返り咲こうとしていると噂する者が出はじめた以上、軽く考えることではない。

孝子は弟の信平にどのようなことを伝えているのか、探る必要がある。

思案していた豊後守が、ふと、顔を上げた。

「実は、伝えておかねばならぬことがある」

「はい」

「中の丸様は、貴殿を御側に仕えさせたいと申されたのだが、吹上の御殿は大奥と同じ、男子禁制なのだ。上様以外の男は、立ち入る事あいならぬ場所でな」

「はい」

「まして、公家の貴殿を幕府が召し抱え、しかも江戸城内に仕えさせるなどできるはずもなく。と、これは幕府重役たちが申しておる」

「はあ……」

やはり駄目かと、信平は肩を落とした。

「いや、勘違いめさるな。京へ追い返そうと申すのではないのだ。幕府が決めた条件をのんでいただけるならば、上様は歓迎すると申されておる」

「それは、ありがたき幸せにございます。出家せずとも済むなら、麿はどのようなことにも従う覚悟」

信平が軽く頭を下げると、豊後守が薄笑いを浮かべて頷き、

「決して良い条件は出ぬと思うが、それでもよろしいか」

「武家の末席に加えていただけるならば」

「うむ、そうか」

豊後守は信平の体格を確認するように、視線を上下させた。

「して、剣は出来るのか。武者たるもの、少しでも剣術が出来ねば話にならぬぞ」

「剣は、多少は遣《つか》いまする」

「うむ」

豊後守はどの程度遣えるのか訊きもせず、あっさりと、信平の言葉に頷いた。

今は泰平の世、戦をする荒武者などとは昔の人間であり、武芸をおさめる武士とは申せ、剣術を苦手とする者が少なくなく、世の中は金と知恵を使う者が動かすようになりつつある。

公家の息子で、しかも庶子となれば、武芸はおろか、学問のほうも大した教育は受けておるまい。

豊後守はそう言わんばかりに、信平の華奢《きゃしゃ》な身体《からだ》から視線を外した。

京都所司代からの報告では、信平は鷹司家の血を引きながら冷遇され、屋敷にも住んでいない。

幼き頃から六波羅《ろくはら》の小さな屋敷に暮らし、下僕と乳母に育てられた。

五摂家の血を引きながら公家としての扱いはほとんど受けず、京の町を歩けば同年代の公家の息子たちに馬鹿にされ、肩身の狭い思いをしていた。

京都所司代の調べはここまでであるが、実は信平には、誰も知らぬ恩師がいる。

信平と恩師との出会いは、偶然であった。

信平八歳のある日、出かけた先で公家の息子たちに絡まれ、殴る蹴るの暴行を受けていた。公家の息子の争いを止めに入る町の者はいず、侍たちも、遠目に楽しむ分にも、やめよと声を出す者はいなかった。

信平は年上の者三人に囲まれて、それこそ半殺しの目に遭わされていたのだが、ふと、呻き声がしたと思うや、ぴたりと暴行がやんだ。

腹や足を抱えて悶絶する者たちの前に、一人の老人が立ち、垢まみれの汚い手を差し伸べていたのだ。

これが、師、道謙《どうけん》との出会いである。

以来、叡山《えいざん》の山中にひっそりと暮らす道謙の弟子となった信平は、そこで、……ひとかどの人物に育て上げられたのだ。

十五歳になった今も、師、道謙との約束を守り、信平は叡山でのことを誰にも話していない。むろん、目の前にいる豊後守に蔑《さげす》んだ目で見られようが、言うつもりはない。

互いの会話が途切れ、静かな刻が過ぎた。

庭を背にして座る信平に外の様子は見えぬが、ひばりが忙しく鳴きながら空を飛んでいる。

豊後守が、何か話題を探すように信平の横に視線を下げた。

脇に置いた信平の太刀に興味を示したようだが、廊下を歩く人の足音が近づき、背後で止まったのでそちらに視線を上げた。

「殿、お城より書状が届きました」

「うむ、これへ」

山本兵部が豊後守の前に進み、漆塗りの文箱《ふばこ》を差し出した。

書状に目を通した豊後守が、信平に視線を上げて姿勢を正した。

「信平殿、お城には半刻後に登ることとなった。それがしが案内いたすゆえ、それまでゆるりとされるが良い」

軽く頭を下げて、仕度に立つ豊後守。

信平は平伏して、豊後守を見送った。

主《あるじ》に付き添って座敷を出た山本が、廊下に膝を突いて頭を下げると、障子を締め切った。

ゆるりと身体を起こした鷹司信平は、これから始まる新たな人生に期待と喜びを感じ、胸をときめかせていた。

第一話　公家武者誕生

一

鷹司信平は、幕府老中阿部豊後守忠秋の案内で江戸城内に入り、本丸御殿の白書院に上がり、下段の間に控えている。

上座に向いて座る信平の右側には、豊後守と、もう一人、神経質そうな面立《おもだ》ちの中年武士が座っている。左手には、廊下に続く障子を背にして、老武士が一人座っている。

みな裃姿で、腰に脇差を差し、扇子は、手に持つ者や、脇差の横に差している。

豊後守は、先《はし》ほどから、扇子を開いたり閉じたりして落ち着きがない。

信平は目の端でその仕草を見ていたが、程なく背後で障子が開け閉めされて、

「遅れてあいすみませぬ」

高めの声音《こわね》で男が言うと、左手の武士に並んで座った。

それを見て、豊後守が口を開いた。

「上様が参られる前に、ご紹介申し上げる」

上手に座る神経質そうな武士を指し、

「老中、松平伊豆守信綱《まつだいらいずのかみのぶつな》殿」

名を告げると、伊豆守が軽く頭を下げた。

信平が鷹司家の者であるので、形ばかりの敬意にすぎない。

「左手の上座が、将軍お側衆《そばしゆう》、中根壱岐守正盛《なかねいきのかみまさもり》殿」

信平が知るよしもないが、見た目温厚そうな顔をしているこの男は、幕府大目付であり、隠密の元締めである。

豊後守が続ける。

「下座の者は、堀田加賀守正盛《ほったかがのかみまさもり》殿」

この男は、目つきが鋭い。頭を下げるでもなく、信平に対して胸を張るように見下ろしている。

「加賀守殿……」

豊後守に促されてようやく、への字口で頭を下げた。

家光の男色相手と噂される加賀守があからさまな態度を取るのは、信平の美しさに嫉妬したからではない。

この男は、鷹司孝子を忌み嫌った春日局の義理の孫である。

そのため、信平が江戸に下向すると聞いたときは、それとなく家光に反対の意見を述べている。孝子が大奥へ返り咲こうとしているという噂の発信源は、この堀田加賀守であったが、信平がこうして白書院に来た以上、もはや阻止できぬと観念してはいるが、面白くないのである。

部屋の外で仰々《ぎょうぎょう》しく太鼓が打ち鳴らされた。

信平は一同に合わせて上座に向かって平伏し、将軍のお出ましを待った。

上段の間の障子が静かに開けられると、鮮やかな空色の羽織を着た家光が姿を見せたが、平伏する信平は足音しか聞いていない。

上座に人が座る気配と共に、その場が緊張する。

信平は少し頭を上げて、

「鷹司信平にござりまする。上様のご尊顔を拝謁しましたること、恐悦至極《きょうえつしごく》にござりまする」

十五歳の信平が落ち着いた口調で名乗り、ふたたび平伏した。

「うむ、信平殿、よう参られた。面《おもて》を上げられよ」

「はは」

「おお、なかなか美しい顔をしておるの。中の丸によう似ておる」

どことなく、言葉に熱がこもっている。信平は視線を上げずに、将軍の膝を見ていた。

探るような間があり、家光が言った。

「歓迎するぞ、信平殿。今日からそなたは、徳川の家臣じゃ」

「はは、ありがたき幸せ」

「うむ、禄高などのことは、この伊豆から聞くがよい」

「はは」

背後に、人が入る気配があった。そこへ視線を向けた家光が、

「信平殿、そこへ控える者が、今日からそなたの世話をする。遠慮なく使うのだぞ」

信平が膝をややずらして後ろを向くと、白髪頭の小さな髷《まげ》を結った老武士が平伏していた。

「拙者、葉山善衛門《はやまぜんえもん》と申しまする。今日からお世話をさせていただきます」

はっきりとした口調が、自分は頑固者であると言っているようだった。面を上げたその顔は、口をへの字に引き結び、眉根は上を向いていて、気難しそうな表情をしている。

品定めをする目を真っ直ぐ見つめ返し、信平は軽く頭を下げた。

「鷹司信平にござる、よろしくお頼み申します」

将軍家光に向かって膝を戻し、

「召し抱えていただくだけでなく、貴重な人材をこの信平めに分け与えてくださりましたこと、重ねてお礼申し上げまする」

「なんの。そなたは余の義理の弟じゃ。本来ならば千石万石の禄を与えるべきなのだが……」

と、ここで一旦言葉を切り、下段の間の廊下側に控える誰かに意味ありげな視線を向けた。

「今は気持ちばかりのことしかできぬ。だが案ずるなよ、おいおいに増やしていくでな」

「ははあ」

まだ禄高を聞いていない信平であるが、徳川の家臣となり、公家から武士になれた喜びに胸が一杯であった。

ころあいを見計らい、家光の背後に控える小姓が三方《さんぼう》を持って前に出ると、信平の前に置いた。

「これは少しばかりの気持ちだ」

幾ばくかの小判が載せてあったが、信平は興味がない。それでも礼だけはきちんと述べると、背後から葉山が出て来て押し頂き、そそくさと後ろに下がった。

「信平殿、いや、今からは信平でよいな」

「はは」

「励めよ」

「ははあ」

家光は満足そうに笑みを浮かべて頷くと、上座から退室して行った。

信平が将軍家光と対面したのは、これが最初で最後のことである。

将軍がさがると、松平伊豆守が上座からこちらに膝を向け、懐から書状を取り出した。

広げて、信平に目線を上げる。

「鷹司信平殿、蔵米五十石を与える」

それだけであった。

それでも、小判にして年に五十両ある。信平が一人喰うには十分だ。

「ありがたく、頂戴いたしまする」

「うむ、屋敷は深川に用意してある。この葉山が案内いたすゆえ、今日から住まわれるがよろしかろう」

「ははあ」

信平は書状を受け取り、退出する松平伊豆守を見送る。

豊後守、中根壱岐守が順に立ち、最後に、堀田加賀守が立ち上がると、頭を下げる信平を見下ろして、意味ありげな薄笑いを残して立ち去った。

下座から舌打ちの音がしたのは、加賀守が退出してすぐのことだ。葉山善衛門が膝の上で拳を握り締め、肩をいからせて憤慨している。

「五十石で納得されるとは、お人がよろしいですな」

庶子とはいえ将軍御正室の弟君がたったの五十石とは情けないと言い、ため息をついた。

「旗本の末席に加えていただけたのだから、麿は満足です」

「ま、まろ?」

葉山は膝を進めてきた。

「信平殿、まろはおやめください」

「なぜです」

「あなたは徳川の家臣になられたのですから、公家言葉は、おやめいただかなくてはなりませぬぞ」

「そうですか、わかりました。努力してまいります」

親子というより爺と孫ほど歳が離れているせいか、信平は老人をいたわる口調である。

それが気に障ったのだろう、葉山は憮然とした顔をそむけると、屋敷に案内すると言って立ち上がった。

豊後守は冷たいもので、どこにも姿がない。

江戸城から市中に戻ったのは夕刻である。

将軍との面談はほんの四半刻(約三十分)であり、結局姉の孝子にも会わずに戻った。

一度城から出てしまえばずいぶん遠くから戻った気がして、いずれまたあの中へ入る時が来るとは思えなかった。それほどに、江戸城は遠い存在である。

いま歩いている市中の賑わいからは想像もできぬ静けさが漂い、全体の空気がぴんと張っている。緊張感があり、武力をもって世を治めてきた武者たちの世界なのだ。

力で天下を治めてきた武者たちからしてみれば、天皇は別として、その周りにはびこる公家など尊敬の対象になどならないだろう。

国を治める実力もないくせに、官位の上にあぐらをかいて偉そうにしているだけの厄介者。格式の低い者は、公家と名乗るだけで禄高も低く、主従が食べていくのがやっとの状態だ。身分がずっと低い御家人のほうが良い暮らしをしている。

そんな身分にしがみつく気もなく、門跡寺院に入る気もない信平は、幼い頃から武士に憧れていた。

その願いが、やっと叶ったのだ。

鷹司の血族として堅苦しい生活を強《し》いられてきた信平にとって、江戸の暮らしは夢にまで見た憧れ。

お城の中は堅苦しいが、無役の旗本なのだから、気ままな暮らしができる。明日は何をしようかなどと思いつつ、信平は葉山と共に歩いていた。

純白の狩衣姿の若者は、日本橋を行き交う人々の注目を集めていることなど、まったく気付いていないのである。

二

城を出ると、葉山善衛門が日本橋のはずれにある舟宿で川舟を雇った。大川の渡し舟に乗るのはちと面倒だと言う。

深川は大川の対岸にあるのだが、市中にかかる橋が一つもない。大川は江戸城の外堀の役目をするため、防衛上、幕府が架橋を厳しく制限している。上流の千住《せんじゅ》にかかる大橋が一つだけあるのだが、そこまで行って深川まで戻る者はいず、渡し舟が武士や庶民の足として活躍している。渡し舟は日頃から大変な混み合いで、乗るのに一苦労なのだ。

金銭に余裕がある者は、町で駕籠を雇うのと同じように舟宿で舟を雇い、大川を渡る。

今回は特別だといって、葉山が舟宿に入り、船頭を雇ってきた。

江戸城築城時から、日本橋川流域は水運の要《かなめ》として整備され、江戸の町の発展に大きな役割を果たしている。多くの川舟が行き交う江戸の町は、世界屈指の水運都市でもあるのだ。

信平を乗せた舟は、日本橋川を東に進んで大川に出る。

船頭が漕ぐ櫓《ろ》の音が耳にここちよく、川風も優しいのでうつらうつらとしたくなる。

ゆるやかに流れる大川を渡る舟から後ろに振り向けば、町屋の屋根の上に富士の山が見えていた。

櫓を漕ぐ船頭の動きが激しくなってきた。行き交う渡し舟の隙間を巧みに抜けて川上にのぼり、深川の狭い水路に入って東に進んで行く。

舟から見る江戸の町は風情《ふぜい》があり、川にひしめく舟の数を見ていると、江戸《ここ》が日ノ本《もと》で最も豊かな町であることを思い知らされる。

華やかな振袖を着た娘が、付き人を従えて川岸の小路を歩み、目線を転じれば、豪華な装飾が施された駕籠《のりもの》を担いだ武家の行列が屋敷地に消えて行った。

紫色の矢絣《やがすり》を着た腰元女が二人、忙しそうに川辺の道を歩んでゆく。その前方から、三人の若い侍が道幅一杯に広がり、我が物顔で歩いていた。

信平は、その光景に目線を奪われた。

三人とも腰元女に向かって不敵な笑みを浮かべていて、柄《がら》の悪そうな男たちだ。

（何もしなければ良いが）

そう思っていると、乗っている舟が水路の角を曲がったため見えなくなった。

舟はすぐ岸に寄せられ、舟つき場に到着した。武家屋敷の白壁が続く岸に降り立つと、

「こちらですぞ」

葉山は振り向きもせずに言い、路地の奥へと入って行く。

信平は先ほどの腰元たちのことが気になりはしたが、ここで迷子になるわけにはいかない。それに、人相が悪いと申しても、庶民の模範となるべき侍が、まだ陽が高いうちから見苦しいまねはするまいと思い直し、葉山の背中を追った。

狭い道の両側は同じような塀と門が並び、京の公家地の古き屋敷とは違い、新しき雰囲気を感じる。

鷹司の屋敷に住んでいたなら武家屋敷に面食らったであろうが、六波羅の武家屋敷街の近くに暮らしていた信平にとっては、御家人の小さな屋敷がひしめくこの雰囲気は、どこか懐かしくもあった。

どこからか寺の鐘の音が響いてきて、ますます京を思い出す。

不思議なもので、出たいと思い続けていた土地を出てしまえば、新天地に故郷と似

た景色を見つけて嬉しくなる。

　鐘の音にひかれて空を見上げ、小路に視線を戻す。

　葉山が立ち止まり、小さな門を見上げて、一つため息をついた。がっくりと肩を落としたようにも見え、そのせいで、背中が曲がり、いたわりを必要とする老爺《ろうや》に見えた。

「お待ちを」

　葉山が潜り戸から中に消えると、門を外して、吹けば飛ぶような門扉《もんぴ》を開けた。

「ここが、今日からあなた様の住まいにござる」

　目を伏せて頭を下げる葉山に、信平も頭を下げた。

　屋敷は、門を入って数歩で玄関にたどり着くほど、こぢんまりした表構えであるが、地べたは掃き清められた痕跡があり、ちり一つ落ちていない。

　玄関に入り、無地の屏風が置かれた小部屋から廊下を通り、奥へ行く。

　八畳の間が三つ並び、廊下を右に曲がると左手に小さな庭があり、それをコの字に囲うように部屋が造られていた。

　庭が良く見える十畳の部屋に案内した葉山が、

「ここが、信平殿の部屋にござる」

中に入るよう促した。

信平が腰から太刀を外して座ると、葉山が庭を背にして、正面を向いて座った。

「改めて、自己紹介をいたしまする」

頭を下げ、

「拙者、長らく将軍家光様の御側にて雑用なりを行う役目をいたしておりましたが、こたび、信平殿にお仕えせよとの命を受け、ありがたくお受けいたした次第。武家のことしか分からぬ武骨者ゆえ、御公家様の信平殿におかれましては気に入らぬことが多々あろうかと存じまする。その時はどうぞ遠慮なく、お暇をお出しくだされ」

この古狸、ようは、江戸城へ戻りたいのだ。

葉山善衛門は、江戸城の西を守る番町に屋敷を持つ二千石旗本であるが、三十年前に妻を病気で亡くし、以来独り身である。そのため子がなく、甥の正房《まさふさ》を養子に取り、既に家督を譲っている。

隠居したあとも将軍御側に仕え、天下人の雑務をこなすことを生きがいとしていたのだ。それが、突然の命令によって江戸城を去ることになり、しかも、外堀といえる大川の向こう岸で、柄の悪い武家の吹き溜まりのような場所にこさせられたので面白くないのだ。

わずか十五歳で、なんの権力も持たぬ公家崩れなどほっぽりだして、将軍の側に戻りたいと思うのは当然であろう。

葉山は物を食うているかのように口をもぞもぞと動かし、不平をもらした。

貧乏くじだとか、騙されたなどと言っているが、信平にしてみればこちらが頼んだわけでもなく、そのようなことを言われても、どうしようもないことだ。

立ち去りたいならいつでもどうぞと言わんばかりに、

「外構えとは違い、なかなかに良い屋敷ですね」

と、素っ頓狂なことを言った。

実際、信平にとってこの屋敷は十分すぎるほど広いものである。

あきらめなのか、大きなため息を一つした葉山が言うには、土地だけで百五十坪、建物は八十坪前後あるらしい。新築ではなく、かつては大田《おおた》某《なにがし》と申す御家人が暮していたが、千石旗本に出世して三年前に神田へ引越し、以来空き家だったらしい。

「信平殿も、はよう御出世なされませ。この深川は武家屋敷が多いと申しても、ほとんどは無役の貧乏旗本や御家人ばかり。公家の、いや失礼、元公家の貴方様にとっては、住み良い場所とは申せませぬからな」

「そのようには見えませんが」

信平があっけらかんと言うと、葉山は顔を横にそらした。

「まあ、あまり外にはお出にならぬことです。特にその格好では」

「なんと申された？」

「いえ、なんでもござらぬよ」

と、口を尖《とが》らせる。

「失礼します」

障子の陰で若い女の声がした。

葉山が、うむ、入れ、と言って立ち上がり、信平の左側に座りなおす。

お盆を押し頂くように持った女が姿を見せ、信平の前に来ると、羊羹とお茶を置いた。

年は二十歳前後だろうか、鮮やかな青色の矢絣《やがすり》の着物を着た女は、白粉を塗って紅をさし、大人の女性という雰囲気が漂っている。

細く尖った顎の上で引き結ばれた唇は薄く、鼻頭は細い。美形なのだが、やや目じりが上向いた二重《ふたえ》の目つきが厳しいせいか表情に棘《とげ》があり、きつい性格の持ち主であると思わせる顔立ちをしている。

「お茶をどうぞ」

睨むように湯飲みを見下ろし、持って来たのになぜ飲まないと言わんばかりの口調で言われて、信平と葉山が慌てて手を伸ばした。

熱いのを一口含んだ葉山が、

「そなたは……」

誰だと聞く前に、女が答えた。

「お初《はつ》と申します。二日前より、この屋敷でご奉公させていただいておりまする」

「では、屋敷の掃除をしてくれたのはそなたか」

「はい」

「うむ、わしは葉山善衛門だ。上様の命《めい》で、今日から信平様の御側に仕えることとなった。して、初は、どなたに命じられてきたのだ」

「阿部豊後守様にござります」

「ほう、豊後守様にのう」

葉山が訝《いぶか》るように目を細めた。

「何か」

刺すような目を向けられて、

「あ、いや、なんでもない。そうか、そなたものう」

慌てた葉山だが、また、意味ありげな目を向けている。

「つまり、お二人とも麿《まろ》の監視を命じられたのですね」

信平がさらりと言うものだから、二人はぎょっとした。

「い、いえ、そのようなことは」

「そ、そうですとも、何を申されます」

引きつった顔でお初が笑うものだから、そのとおりだと言っているようなものだが、

「麿の思いすごしでしたか」

そういうことにして、信平は改めて頭を下げた。

「今日から、二人には世話になります」

公家とは偉そうな人種だと思っていたのか、信平に頭を下げられ、お初が目を丸くして葉山を見た。

このような御仁だというように、葉山が頷いて見せる。

呆れたような笑みを浮かべたお初が、信平が畳に太刀を置いたままにしているのを見て、立ち上がった。

「お刀を」

「済まぬ」

小袖を掌に載せて太刀を受けたお初が、刀掛けにそろりと降ろす。柄《つか》と鞘《さや》が鶯《うぐいす》色に統一された太刀に興味を持ったのか、葉山がまじまじと見つめて訊いた。

「なかなか見事な拵《こしら》えですな」

「父上から餞別《せんべつ》でいただきました。武者になるなら、これを持てと」

「ほう、武者に、それで、銘《めい》はどなたです」

「作者ははっきりしませぬが、狐丸《きつねまる》と銘が彫ってあります」

「まあ、かわいいこと」

「それはまた、面妖な」

お初が興味なさげに言い、葉山が呆れ顔となり、いかにも公家らしいと笑う。

「何か伝説でもござるのかな」

「ええ」

「あるのか。では、聞かせてもらえぬか」

「父上から聞いた話によれば、その昔、平安の世に、京の三条《さんじよう》に住んでいた宗近《むねちか》と申す刀鍛冶が、朝廷より新刀を作るよう命じられたのですが、良い物が出来ずに悩み、氏神《うじがみ》に祈願したそうです」

お初が小袖についた糸くずを見つけて取っている。

葉山は宗近と聞いて、何かを思い出そうと天井に目を向けている。

信平は構わず続けた。

「祈願を終えて戻ったその夜、稲荷明神《いなりみょうじん》と名乗る一人の小僧が現れて鍛冶の相槌《あいづち》を打ち、朝廷に献上できる宝刀を作ったとされています。言い伝えでは、白狐様が小僧に化けて作ったので小狐丸と命名され、朝廷に献上されたとありますが、その時、刀は二口《ふたふり》出来ていたのです。朝廷に献上された小狐丸に比べ美しさが劣るもう一口は、より実戦的な太刀であり、狐丸と命名され、初めは九条家に納められました。その後、九条家が朝廷から小狐丸を授かることになり、狐丸は九条家より鷹司家に伝えられたといわれています」

白狐が化けて作ったことに興味がわいたのか、お初が身を乗り出し、目を輝かせている。

葉山は相変わらず思案していたが、

「おお！　思い出した！」

と、目を丸くして膝を叩き、

「宗近と申せば、三条宗近だ。将軍家秘蔵の宝刀、三日月宗近《みかづきむねちか》を作った刀匠だ」

三日月宗近は、この世で最も美しい刀といわれているらしく、足利《あしかが》将軍家、豊臣《とよとみ》家と伝わり、今は徳川家秘蔵の宝とされている。

「見たことがあるのですか」

お初が聞くと、葉山は、ある、と答えた。一度だけ、将軍家光に頼み込んで見せてもらったという。

その美しさたるや、まさに神剣であると言い、二代将軍秀忠《ひでただ》様がどうのこうのと言いはじめるのを聞いて、お初は湯飲みを片付けてそそくさと立ち去った。興味がないのだ。

刀のことをあれこれ聞かされた信平は、同じ刀匠が作った刀を見たいと思った。御狐様が化けて手伝った刀との違いを見てみたくなったのだが、将軍家秘蔵とあれば、見るのは不可能だろう。

「拝ませて、いただけぬか」

ふと前を見れば、葉山が懇願していた。

「狐丸ですか、いいですよ」

太刀を取って渡してやると、葉山は懐紙を出して口に挟み、鞘から引き抜いた。

西日によって、刀身が金色《こんじき》に輝いた。鏡のように磨《みが》かれた地金とは対照的に、刃紋しい。

が霞んでいる。身幅《みはば》が広く、重ねも厚く、まさに実戦向きの太刀だ。それでいて、美

「まさに、宝刀」

鞘に納め、口から懐紙を取った葉山が、恐れ入ったとばかりにうなった。

「これ一口で、国が一つ買えますぞ」

「まさか、そのようなこと……」

「いいや、これは、三日月宗近以上の代物《しろもの》。これより美しき小狐丸とは、いったいどのような物であろうか。うぅむ、見てみたい」

「よほど、刀に興味をお持ちなのですね」

「武士であれば当然じゃ。誰しも、宝刀を腰に下げてみたいと思うであろう」

大事にされよと言って、狐丸を返した。

「信平様、夕餉の時刻にございます」

お初が呼びに来て、葉山が座る後ろの襖を開け放った。

庭が眺められる隣の部屋は、膳の間というらしく、食事はここですることになっているると言う。

膳が一つしかないのを見て、

「お二人の分は、ないのですか」

と、信平。困惑する二人に向かって、これからは三人で暮らすのだから、食事を共にしようと誘った。

ならばと、葉山が承諾すると、お初は二人の膳を用意し、ささやかなる宴が始まった。

葉山は酒好きらしく、手酌でぐいぐい呑んでいる。

信平は、目の前に並ぶ料理に箸をつけ、初めて食べた鰆《さわら》の塩焼きで御飯を五杯おかわりして、お初を驚かせた。

「若いというのは、よいことじゃ」

すっかり気分の良くなった葉山が、まるで主のような口調で言い、これも食べろと鰆の皿を信平の膳に載せようとして、行儀が悪いとお初に叱られている。

その様子を見ていた信平は、今日が初対面であるが、この二人とならうまく暮していけそうだと思い、ほっと胸を撫で下ろした。

三

どれほど刻《とき》が過ぎたであろうか、ふと、信平は目を覚ました。

布団に寝て、着物も寝間着に着替えているが、まったく覚えていない。

夕餉の時に、調子に乗って酒を呑んだのがいけなかった。

十五歳でも酒は初めてではないが、葉山のような年寄りに敵《かな》うはずもなく、盃に三杯までは覚えているが、そのあとのことは記憶にない。

厠《かわや》に立とうとしてふと気付く。

(はて、どこにあるのだ)

この屋敷に来て一度も厠に行っていないし、場所を聞いてもいなかった。真っ暗な部屋の中で途方にくれる余裕もなく、じわりと脂汗が滲んでくる。

とりあえず外に出ようと障子を開け、廊下を右へ歩みかけて背を返した。

庭がある表側に、厠があるはずはない。

大声を出して葉山を起こそうかと思ったが、部屋の中をうろうろして、地窓から裏庭を覗いた。暗くてよく見えぬが、行くしかない。表から庭履きを持って来て、地窓を潜って外に出た。ひんやりとした夜風が身体を締め付け、我慢の限界が来た。

裏庭に植木を見つけ、その根本に走る。

厠ではないが、ここならいいだろうと狙いを定め、勢い良く放水した。ふぅっと息を吐いた。さぞかし間抜けな顔になっていることだろう。

用を足してみれば、庭にしたことが後ろめたくなり、誰かに見つかってはならぬと急いで戻る。抜き足差し足忍び足で戻っていると、左手の建物で物音がした。建物といっても小屋のようなものだ。

中に誰かいるのかと近づいてみる。物置だろうか、それにしては、目の高さに格子窓があり、わずかに灯りがもれている。

そっと近づいて、板壁に耳を近づけて中の様子を窺った。こちらの存在に気付いて息を潜めているのか、あれ以来物音一つしない。閉められた窓の隙間から湯気が出ていることに気付き、ここが湯殿だと分かった。

誰か入っているのだ。

葉山なら良いが、お初だといけないので戻ろうとしたその時、格子窓がさっと横に開き、

「なにやつ！」

と怒鳴るや、冷水が飛んできた。

成す術《すべ》もなく、頭から水をかぶった信平が立ちすくんでいると、窓の奥で、

「まあッ」

と、お初が絶句した。

一瞬だが、薄暗い灯りの中で女のふくよかな乳房が見えた。

よりにもよって、お初が湯に入っていたのだ。

お初は悲鳴をあげるでもなく、ぱたりと木窓を閉めた。

信平はなんと言えばよいか分からず、顔が熱くなった。この場にいてはまずいと思い、

「済まぬ、知らなかったのだ」

それだけ言い、その場から走り去った。

部屋に戻って布団に入ったが、目を閉じるとすぐにふくよかな乳房が浮かび、がばりと上半身を起こす。

生まれて初めて女の裸を見たせいか、奇妙な胸の高まりがする。落ち着かぬ気分を静めようと大きく息をするが、目を閉じるとまた、乳房が現れた。

「信平様」

襖の向こうからお初に声をかけられ、どきりとした。

「は、はい」

「お着替えをお持ちいたしました」

言われて、着物が濡れていることに気付く。

「そ、そこへ置いてください……、あの――」

返事はなく、静かな足音が去って行く。

信平がそろりと襖を開けると、きちんとたたまれた着物が置いてあった。

「わっはっはぁ。そうですか、それは災難でござったなぁ」

翌朝、葉山に厠のことを話すと、愉快そうに笑いながら場所を教えてくれた。

裏の木の根本にしたと言うと、良い肥《こえ》になりましょうなどと言ってまた笑う。

朝の仕度を済ませて膳の間に行くと、お初が温かい味噌汁と炊き立てのご飯を持って来た。葉山が厠のことを面白おかしく言って聞かせるが、お初は面白くもなさそうな顔をして、信平の膳に御飯と味噌汁を置いた。続いて葉山の膳に向かうと、荒々しく器を置く。

「なんだ、機嫌が悪いのう」

「麿が、悪いのでございますよ」

「うむ？」

「昨夜、裏に……」

「信平様！」

お初にぴしゃりと声を切られた。

「……はい」

「お食事の時に厠のことなど、はしたのうございますよ」

と、叱られた。

向けられた目は、その先を言うなと訴えている。

お初と目が合うと再びあの光景がよみがえり、顔が熱くなってきた。

「申し訳ない」

慌てて目線を外し、裸を見てしまったことを詫びる意味で、信平は頭を下げた。

事情を知らぬ葉山は、お初の剣幕に恐ろしげに肩をすくめて、静かに箸を伸ばしている。

それから三人は、黙然《もくねん》と箸を動かしていたが、

「おお、そうじゃ。信平殿」

葉山が箸を止めて、話しかけてきた。

「剣術は出来るのか」

「少しばかりは」

「少しか」

「はい」

「少しでは、宝刀が泣くぞ」

「…………」

「どうじゃ、この深川には一刀流で名が知れた関谷《せきや》道場があるのだが、通《かよ》ってみられるか」

「一刀流、ですか」

「世の中には百を越える流派があると申すが、中でも一刀流は誰しも知る剣術だ。奥《おう》義《ぎ》を窮《きわ》めようとすれば奥は深いが、これから剣を始める者には最も適しておる」

ようは、基本中の基本を習うなら、一刀流だと言いたいのである。

信平は二つ返事で承諾した。

一刀流に興味はないが、道場に通うことで、この屋敷から出かける口実ができる。町見物ができようというものだ。

食事を終えたらさっそく出かけようと言うので、信平は飯をかき込んだ。

またまた行儀が悪いと言ってお初が厳しい目で睨むが、胸をたたき、茶を飲んで流し込んだ。

部屋に戻って出かける仕度を終えると、葉山を急がせた。

「待ちなされ、その格好で行くつもりでござるか」

「そうじゃ」

信平は昨日と同じ狩衣を着ている。何が悪いのかと訊くと、

「悪くはござらぬが」

と言葉を濁す。

徳川の家臣が公家の格好をして外出するのが気に入らないのだ。

「そのように言われても、これしか持っておらぬのですから」

「そうであったな。では、仕方あるまい。じゃが、それを着て歩くのは、新しき着物ができるまでじゃぞ」

「あいわかりました」

日本橋界隈でも人々の注目を集めた信平だ。屋敷を出て道場へ向かう道すがら、深川の人たちの目を集めたのは言うまでもない。

朝湯帰りの女たちがすぐに騒ぎだし、

「あら綺麗」

「かわいいこと」

などと言って、十五歳の信平に色目を向けてくる。

「見世物ではないわ！」

葉山が憮然と言い放ち、鋭い目で追い払おうとしたが、そこは百戦錬磨の深川女だ。

「なんだい、へんくつじじい」

「年寄りは引っ込んでなよ」

遠くから罵声を浴びせられ、逆にやりこめられた。

これが方々で起こるのだから、たまったものではない。

「まったく、けしからん」

葉山は顔を真っ赤にして怒り、足を速めた。

当の信平はというと、誰が声をかけようが見向きもせず、切れ長の目を伏せ気味にして上品に歩んでいる。

関谷道場は、深川の南、松平《まつだいら》阿波守《あわのかみ》下屋敷の広大な屋敷が見える永代寺《えいたいじ》門前にある。

海が近いのだろう。町中に吹く風は、ほのかに潮の香りがした。

「ここにござる」

案内された道場は、立派な門構えであった。

三百坪の敷地を持つらしく、門人の身分は大名や大身旗本から、下は御家人までと広く、数は二百を超えるというから凄い。

堂々と開け放たれている門から中に入ると、地鳴りともいえる気合の声が奥から響いてきた。

道場に近づくにつれて、迫力が増してくる。

「おお、やっとるやっとる」

気が高ぶったように葉山が言い、さらに足を速めた。

「信平殿、はようこられませ」

「はい」

信平は小走りで追いつくと、遅れぬようについて行った。

門人に案内されて道場に入るや、耳をつんざく気合の声が響いた。

一斉に気合声がして、木太刀がかち合う音と共に、床板に踏み込む足の圧力で振動が伝わってくる。

大声を出さぬと隣の者に届かぬ中で、

「葉山殿！　こちらへ！」

気合声をかち割るように、低く腹に響く声がした。

道場の上座に座る総髪《そうはつ》の男が、廊下に現れた葉山に気付いて大声をあげたのだ。

めまぐるしく動き回る門人たちの向こうで手を挙げて、上座に来るよう誘っている。

「関谷殿、久しゅうござる」

「十年ぶりですかな」

関谷は、温厚そうな笑みを浮かべている。

「稽古は相変わらずの迫力だな。いや実に、壮観な眺めだ」

門人たちが稽古に励む道場に視線を向け、葉山が続けた。

「今日は、お願いがあって参った」

「聞きましょう」

「この御仁に、剣術を指南してはもらえまいか」

「入門すると？」

「できれば、客人として扱っていただきたい」

「ほほう」

信平に視線を転じた関谷は、目を細めた。微笑んでいるように見えるが、眼《まなこ》は厳しい。

「ご身分が高きお方のようだな」

「いえ、このような格好をしておりますするが、五十石取りの旗本にございます」

信平が頭を下げたが、

「関谷天甲《てんこう》にございます」

と名乗り、平伏する。信平の狩衣姿を見てではなく、心眼《しんがん》で人格を見抜いたようだ。

「鷹司信平です」

関谷は目を丸くして葉山に訊いた。

「鷹司と申せば、上様御正室の」

「いかにも。中の丸様の弟君であらせられるが、こたび徳川の家臣となられた。まだ十五歳と若いゆえ、剣術を始めるにはよかろう」

「なんと、公家から武家になられたと?」

「うむ、であるから剣術を身につけていただくために、ここへお連れしたのだ」

「なるほど、そうでしたか」

関谷は頷き、信平を見た。

「このような道場でよろしければ、いつでも通ってきなされ」

「おそれいりまする」

「関谷殿、かたじけのうござる。信平殿、さっそく木太刀を振ってみられるか」

「……はい」

「どうなされた、臆されたか」

「いえ」

信平は関谷に向かい、お願いすると頭を下げた。

うむ、と頷いた関谷。

「やめい！」

この一声で、道場にひしめいていた門人たちがぴたりと稽古をやめて、互いに礼をして左右に分かれて正座した。

あれほどの激しい稽古が嘘のように、しんと静まり返っている。中には、客が来ていたことをいま気付いたという顔をする者がいて、狩衣姿の信平に好奇な目つきを向け、何者だと探るように、同僚と顔を見合わせている。

「みなに紹介する。今日から道場に通われることになった鷹司信平様だ」

「信平にございます。よろしくお願いいたします」

信平が頭を下げると、一同がそろって平伏した。

鷹司と聞いてそうしたのではなく、相手が誰であろうと、道場内ではきちんと挨拶をする。これが、関谷道場の決まりである。

紹介が済むと、信平は門人たちに混じって稽古を始めた。

高弟の和久井仁兵衛《わくいじんべえ》から一刀流の基本を学び、歳が同じだという増岡弥三郎《ますおかやさぶろう》と共に木太刀を振る。

増岡は剣術を始めて半年だというが、身体も小さくて剣の筋が悪いのか、和久井に叱られてばかりだ。

たっぷり汗を流した信平は、増岡と共に井戸端へ汗を拭きに行った。

無口な増岡は、黙然と身体を拭いている。どこかおどおどしたところがあり、視線に落ち着きがない。

信平は、稽古着の上を脱いだ増岡の身体に視線を止めた。手拭で汗を拭く胸や腹に、青あざがある。背中には、赤紫の真新しいあざもあった。

木太刀で打たれたのだろうか。それにしても、痛々しい。

「稽古は、辛いですか」

信平が話しかけると、

「い、いえ」

一言《ひとこと》答えただけで、神経質そうに身体を拭いている。

「信平殿、そろそろ帰りますぞ」

葉山が声をかけてきた。

「では増岡殿、また明日」

「…………」

増岡は目を見ずに、ぺこりと頭を下げる。

関谷道場を出ると、葉山が話しかけてきた。

「どうでありましたかな、信平殿」

「道場は初めてですので、なかなか面白うございました」

「それはようござった。まったくの素人かと思うていたが、そうではないのだな」

葉山が感心したように言った。門人と共に木太刀を振る姿を見て、なかなか筋がよいと、関谷天甲が褒めていたという。

「剣は、誰かに習ったのかな」

「誰というほどの者は……」

信平は、師、道謙のことを伏せ、六波羅に住む武家の幼なじみから教わったと、適当なことを言った。

「子供の遊びで覚えたにしては、大したものだ。関谷殿に稽古を付けていただけば、すぐに上達しますぞ。武士たるもの、剣術は大事」

刀を振る真似をして胸を張る葉山は、来るときとは違い、信平が注目を浴びても上機嫌で道を歩いている。公家の軟弱者は格好ばかりだと、思っていたに違いない。

道端に団子屋を見つけて、

「どうじゃ、団子でも食べてゆくか」

上機嫌で誘う。稽古を頑張った褒美らしい。

甘い物は嫌いではないので誘いに乗ると、表の長床机《ながしょうぎ》に腰をおろした。

融通が利かぬ頑固者だと思っていたが、案外単純な爺様だと分かり、信平は密かに笑った。初めは、屋敷に押し込められるかと思っていたが、うまく誤魔化《ごまか》せば、外へ出かけるのは簡単だと踏んだのである。

四

「おい、まだか」

「まだ来ぬ」

「何をしているのだ、遅いではないか」

「まあ、そう慌てるな。どこにも逃げられはせぬ」

三人の男が、深川東仲町《ひがしなかちょう》にあるそば屋の二階で酒を呑みながら、誰かを待っている。

通りが見渡せる角《かど》部屋に陣取り、障子を少し開けて、一人が通りを見張っている。

三人とも生地のよい羽織袴を着ていて、身なりから察するには、どこぞの旗本の倅《せがれ》ふうだ。みな、関谷道場の門人であるが、今日は、信平が紹介されるとすぐに退散し、こうして遊んでいるのだ。

昼間から酒をあおり、大人びた口調で喋ってはいるが、まだ十六、七の若造であろう。

追加の酒を持って来た女中が、何かに飢えたような視線を向けられ、ごくりと喉を鳴らして脅《おび》える。

「そこへ置け」

と厳しく言われ、酒を置いて逃げるように降りて行った。

その様子を見て、三人は愉快そうに笑った。

「取って食われそうな顔をしておったな」

「自分の顔がどんなものか知らぬようだな」

「小便くさいガキに用はねえ」

などと言い、また笑う。

「ああ、早く遊びに行きてえ」

「今日は、梅屋に行こう」

「梅屋なら、浮舟《うきふね》はおれが買う」

吉原で女を買う話で盛り上がっている二人を背に、

「あの野郎、何していやがる」

見張り役の男が苛立《いらだ》った。

そこへ、若者がのこのこ歩いてきた。藍染《あいぞめ》の着物に灰色の袴姿の、増岡弥三郎だ。関谷道場で稽古を終えた弥三郎は、腰に差した大小が重そうに見えるほど、華奢《きゃしゃ》な身体をしている。稽古着を入れた風呂敷包みでさえ、重そうに見えるのだ。

「来たぞ、金づるが」

「よし、ひとつ脅《おど》してやるか」

急いでそば屋から出た三人は、弥三郎のあとを追う。

弥三郎が堀川にかかる橋を渡り、深川大和の町中を通って自分の屋敷に向かってい
ると、後ろから肩を叩かれた。

ぎくりとして立ち止まり、肩を縮めて立ちすくむ。

「やあ、また会いましたね」

「へ？」

弥三郎が、素っ頓狂な声を出して振り向く。そこには、純白の狩衣に抹茶色の指貫《さしぬき》
を穿いた公家の若者がいた。鷹司信平である。

信平は、団子屋から出た時に弥三郎を見かけて、声をかけたのだ。

「あなたは……」

「今日はどうも」

「いえ、こちらこそ」

「今帰っていくところか」

「え？　あ、うん」

弥三郎が上目遣いで、首を縦に振る。

「麿、いや、わたしはこの先の、富川町《とみかわちょう》近くに住んでいるのだが、あなたはどちら
かな」

「すぐ川向こうの、吉永町《よしながちょう》に」

「では、同じ方向だ。共に帰りましょう」

「いえ、わたしは一人で――」

「さ、行きましょう」

信平は強引に腕をひっぱり、一度葉山に視線を送ると、弥三郎と並んで歩いた。

弥三郎は相変わらずおどおどしていて、落ち着きなく周囲に視線を走らせている。

「一つ訊いてもよいか」

「…………」

答えは返らぬが、信平は気になっていたことを訊いた。

「道場にいるときから思っていたのだが、何に脅えているのだ」

「いえ、べつに」

「ふむ、そうなのか。先ほどから、誰かにあとをつけられているようだが」

ぎくりとしたのが分かるほど肩を震わせ、弥三郎が目を瞠《みは》った。後ろに向こうとしたので、

「見ぬほうがよい」

と、制し、背中を押して歩かせる。

橋を渡ったところで走り、物陰に隠れた。

「信平殿、いかがした」

「しぃ！」

きょとんとする葉山を引っ張り込んで、橋を見張る。すると、三人の若者が走って来ると、あたりを見回しながら通り過ぎて行った。

「あの者たちは見覚えがある。道場にいたな、いや……」

城から深川に来たときに、舟の上から見かけた連中だ。

「弥三郎殿にとっては兄弟子《でし》になるのでしょうが、あまり人柄がよさそうにありませんね。あの者たちに、何か、よからぬことをされているのでは」

「…………」

「これ、黙っていては分からぬぞ」

葉山が叱りつけるように言うので、弥三郎は辛そうに目をつぶった。

「ここにいては見つかってしまう。葉山殿、どこか良いところはないですか」

「と申しても、わしもこのあたりはよう分からぬ」

「こ、こちらへ」

弥三郎が、来た道を引き返し、橋を渡った。

橋詰めを右に曲がり、川沿いを少し進んだところで左の細い路地に入ると、立木屋《たつき》と名が入った門灯がかけられた裏木戸の前で止まり、戸を開けた。

「どうぞ中へ」

信平は言われるまま中に入った。

葉山も入り、

「ここは、おぬしのなんなのだ」

言いながら、中を見回している。

裏庭にしては広く、蔵もあり、奥に見える屋敷はずいぶんと立派なものだ。

「立木屋と書かれていたな」

葉山に指摘され、

「わたしは、武士の子ではないのです」

「なんと」

葉山が目を丸くした。それがまことなら、武士以外を門人にせぬ関谷道場を騙したことになる。

「天甲殿は、承知しておるのか」

「それは……」

「先ほどあとを追ってきた者たちとは、どのような関係なのです」

信平が訊くと、弥三郎は黙り込んだ。叱られたように首をうな垂れて、地面を見つめている。

「誰です！　あ、弥三郎様！」

どこからか、慌てたような中年の男の声がした。

「弥三郎様、またあいつらに……」

走ってきた男は、庭木の陰になっていた信平と葉山に気付き、ぎょっとした。

「どなたです？」

「わたしの、友人です」

弥三郎が言い、信平に照れ笑いをした。

「鷹司です、これは、わが供の者です」

「葉山善衛門にござる」

「これは、失礼しました。立木屋の番頭、宗吉《そうきち》にございます。ささ、こちらへどうぞ」

「いや、それにはおよばぬ」

葉山が断ったが、信平は、弥三郎が物悲しげな顔をしているので、気になって仕方がない。

「では、遠慮なく」

信平殿、と止める葉山の声を無視して、すたすたと奥に歩み、座敷に上がった。

三人が座敷に腰を下す間もなく家人が現れた。この家の妻らしき中年の女が小走りで廊下から現れるや、

「弥三郎」

と、今にも泣きそうな顔をする。

「母上」

弥三郎は膝を進めたが、続いて現れた男の姿を見て、萎縮したように腰を下した。

「弥三郎なにをしているのです、ここへ来てはいけないと、あれほど言ったではありませんか」

「申しわけありません、兄上」

「いったいどうなっておるのだ」

葉山が口を挟んだ。

兄が葉山の前に膝をそろえて座り、立木屋の主、弥一郎《やいちろう》にございますと言って頭を下げた。

「葉山善衛門だ。こちらはあるじの……」

「鷹司信平です」

「弥三郎殿は、おぬしの弟なのか」

「弟が、何かご迷惑をおかけしましたか」

「いや、そうではない。関谷道場は武家しか門弟になれぬと聞いているので、いささか驚いただけじゃ」

「確かに、弥三郎は弟にございますが、今は増岡家の跡取り、まぎれもない武士にございます」

「ほう、では、養子に入られたか」

「はい」

「なるほど、それを早く申さぬか、いや、いらぬ詮索をしてしもうた。許せ」

「いえ」

弥一郎は苦笑いを浮かべ、

「それでその、何か、ございましたか」

弥三郎に顔を向け、信平を見てきた。公家の格好をしているので、心配になったのだろう。

「先ほど番頭の宗吉殿が、またあいつらに、と申されたが、弥三郎殿は、誰かに追われる身なのですか」

「信平殿、そのようなことは……」

「いいのです」

信平は葉山の口を制し、弥三郎と弥一郎に訊いた。

「よければ、三人組に追われた訳を聞かせてください」

「弥三郎、お前まだ、あのごろつきにからまれているのかい」

と、弥一郎が心配そうに言った。弥三郎は青白い顔でうつむいている。

「まったく、しかたがないねこの子は」

そう言って、弥一郎が顔を向けてきた。

「お公家様に、私どものことなどお話し申し上げてよろしいものか」

「なに、遠慮めさるな。麿、いえ、わたしはこのような格好をしていますが、徳川家の家臣なのです」

「さようで……」

弥一郎は頷いたが、

「ええ?」

と、目を丸くした。

「元公家ということじゃ。深く訊くでない」

葉山が厳しく言うものだから、弥一郎が平伏した。

「わたしにできることがあれば力になろう、話してみられよ」

では、と、弥一郎が話し出した。

弥三郎は、深川で木材問屋を営む立木屋孝右衛門《こうえもん》の三男坊だ。孝右衛門は一代で財を成したやり手であるが、武家に対する憧れのようなものを抱いており、豊富な資金にものをいわせて、以前に旗本株を手に入れようとしたことがあるとか。

しかし幕府の許可が下りずに頓挫してしまい、自ら武士に身を上げることはできなかった。そこで、かねてより知り合いの旗本から、増岡家に跡取りがいないことを知り、三男坊の弥三郎を養子にと、なかば強引に話を持ちかけたのである。その孝右衛門は既に隠居し、今は旅に出ているとか。

店は、弥一郎が跡を継いでいる。

「払った金額は分かりませんが」

と、弥一郎。その表情から察して、かなりの小判を積んでいるようだ。

増岡家にとっては跡継ぎもでき、持参金も入るのだから一石二鳥だ。

「この子は、父親の犠牲になったのでございますよ」

母親が、途方にくれたように言う。

「主人は、この立木屋から武士を出したい、そのようなことばかり申しておりましたが、いざ養子に出してみれば、あちら様の態度が一変したのですから」

葉山が訊いた。

「どのように、変わったのだ」

「親兄弟、親戚にいたるまで、今後一切の交流を認めぬと、言われたのでございます」

「うむ、もらったほうとすれば、そうであろうな」

葉山が頷いた。

商人《あきんど》の子であれば、武家としての躾《しつけ》を一からする必要があるので、実家で甘えさせてもらっては困るのだろうと、堅いことを言う。

「それはよいのでございますが」

弥一郎が言った。

「この弥三郎が周りのお方から酷い目に遭わされていると聞くと、かわいそうでなりません」

「それは、どのようなことです」

「弥三郎は増岡様の命《めい》で、半年前から関谷道場に通っているのですが、商人の子だということで、酷いいじめにあっているのでございます。特に、あの三人からは」

弥一郎が弥三郎の側に行き、着物の胸元をはだけた。

「これを見てやってください」

身体中のあざは、殴る蹴るの暴行を受けた痕だと言う。

「今では、金を脅し取られるしまつで……」

信平は、幼い頃に自分が受けたいじめを思い出し、他人事《ひとごと》には思えない。どうにかしてやりたいと、弥三郎を見た。

「増岡殿は、このことを知っておられるのか」

いえ、と、首を横に振る弥三郎に代わり、弥一郎が答えた。

「知っていて、知らぬ顔をしているのです。無役の二百石取りの増岡家にくらべ、相手は三千石真島《ましま》家の跡継ぎですから」

「葉山殿は、真島の名を知っておられるのでは？」

「旗本八万騎と申すであろう。さすがのわしでも知らぬ名はござる」

胸を張って言うことではあるまいと思ったが、信平は何も言わなかった。

茶を一口含んだ葉山が、うぅむと渋い顔をして、弥一郎に顔を上げた。

「その真島　某《なにがし》が何者か知らぬが、旗本のくせに人から金を脅し取るなどと、なさけないことをしよる。親は知っておるのか親は」

顔を真っ赤にして怒る葉山に、弥一郎が言った。

「真島家の御当主は、お人柄も良く、立派なお方なのでございますが、跡取り息子の一之丞《いちのじょう》は……」

弥一郎が顔を何度も横に振った。

「取り巻きの者が悪いのか、このあたりでは有名なごろつきでございまして、道端で若いおなごとすれ違えばちょっかいを出し、夜は夜で、花街で暴れ回って、それはもう、やりたい放題で。運が悪いと申しますか、弥三郎はそのような連中に目をつけられてしまったのです」

半年前に道場に通いはじめて以来、稽古と称して何度も暴行を受け、この三月《みつき》のあいだで取られた額は百両を超えているという。

「ひゃ、百両じゃと！」

葉山が目を白黒させた。十五の弥三郎が持てる額ではない。

「その金は何処から出た」

葉山が訊くと、母親が顔をうつむけた。

「お金で命が助かるのならと、つい」

「たわけ、商人はそれだからいかんのだ。金さえあればなんでも解決できると思うておる。真島の倅も悪いが、黙って金を出すほうも悪いぞ」

「ははあ」

「簡単に金を出すから、ますますいい気になるのだ」

「では、これから弥三郎はどうすれば」

「そのようなことは簡単じゃ」

武士たるもの、やられたらやり返せと弥三郎に言い、葉山は立ち上がった。

「よいか弥三郎、おぬしは武士なのだ。いじめられて悔しければ、明日からしっかり稽古に励んで、強うなることじゃ。身も心も強くなれば、悪がきどもも、おぬしを武士と認めて手を出さぬであろう。わかるな」

「……はい」

「うむ」

「葉山殿、何処へ行かれる」

「これから道場に戻って、弥三郎を鍛えてくれと、わしから天甲殿に頼んでおく。信平殿、帰りは一人でも大丈夫ですな」

「ええ」

「では……」

まったくけしからんことだと言いながら、葉山が出て行った。

「では、わたしも帰るとしよう。弥三郎殿、あの三人に見つかるといけない、屋敷まで送っていきましょう」

「そうしていただければ助かります、さあ、弥三郎」

母親に促されて、弥三郎は重い腰を上げた。

五

翌日、信平は、供をすると言ってきかぬ葉山善衛門をふりきり、一人意気揚々と関谷道場にやってきた。

昨日葉山は、あれから関谷道場に引き返し、話をつけてくれていた。

事情を知った天甲は、真島一之丞ら三人は破門できぬが、弥三郎を厳しく鍛えると約束したらしい。

その中に自分の名も含まれていることを、信平は知らない。

元公家とは申せ、悪がきどもが信平に目をつけぬともかぎらぬので、鍛えてくれるようにと、葉山が頼んだのである。

だが、葉山の心配をあざ笑うかのように、真島ら三人が、信平の前に立ちはだかった。

信平が、道場の門が見える所まで来たときである。

「おい、そこの公家さん」

後ろから声をかけられ、信平は足を止めて振り向いた。

洒落た羽織をぞろりと着た真島たちが、物陰から姿を見せた。

「おまえさんたしか、鷹なんとか信平、どのと申されたな」

言葉は柔和だが、三人の目は気持ちが悪い輝きを放っている。

「いかにも鷹司信平だが、あなた方は」

信平の問いかけを無視して、

「なるほど、公家とはまこと、雅《みやび》なものを着ておられる。おい、見ろよ、この太刀を」

「これはまた、由緒正しげな太刀を下げておられるなぁ」

きた。

「ほんにほんに」

小ばかにした口調で言い、二人が左右に分かれ、匂いを嗅ぐように、顔を近づけて
「てめえ、昨日はよくも、おれたちの邪魔をしてくれたな」

左の男が言い、
右の男が、

「痛い目に遭いたくなかったら、邪魔をするな。おれたちの前から消えろ」

声を低くして凄んでみせる。

「はて、邪魔をした覚えはないが」

正面にいる男が、一歩前に出た。

「ふん、面白いな、お前。ちょっと来てもらおうか」

言うなり、左右から腕を摑まれ、強引に連れて行かれた。

通りを歩く人はみな、見て見ぬふりをしている。

脇をがっちり固められたまま、堀川のほとりの、人気《ひとけ》がない通りに入って行く。

さらに進み、長屋のあいだの、薄暗くて細い路地を奥に連れ込まれると、数人の荒くれ者がいる中に突き出された。

「おや、新しい金づるですかね、若」

一人の男が、上目遣いに不気味な笑みを浮かべて言った。

やくざ者だろうその男が立ち上がると、五、六人の手下が従った。

薄暗いその空間は、窓一つない家の壁に囲まれた空地のようだが、奥には開け放たれた家の座敷があり、浪人と思《おぼ》しき一人の男が、朝から酒を呑んでいる。

「今度は、公家ですか」

「先ほど弥三郎が言っていたのは、こいつのことだ」

やくざ者が信平を睨んだ。

「なるほど、虫が好かねえ面《つら》をしてやがる」

「それは光栄じゃ」

信平が薄笑いを浮かべて言うと、やくざ者が怒って唇をわなわなと震わせ、顔を引きつらせた。

「強がってられるのも今のうちだぜ。今に、あのようになるのだからな」

顎で示した先を見ると、建物の角の地面に、何かが横たわっていた。初めはそれが、ぼろ布が寄せて捨ててあるかのように見えたが、良く見ると、人だった。

「金を持ってこないなどと偉そうなことを言うから、あのような目に遭わされるのだ」

やくざの男が言うと、手下どもが舌なめずりをして、笑っている。

信平はそのぼろ布の元へ走り寄った。顔は血でどす黒く変色しているが、まぎれもなく、弥三郎であった。かすかに、息をしている。

「おい、しっかりしろ」

肩に触れようとして、ためらった。昨日まで細かった肩が、着物の上からでも分かるほど腫れている。

「弥三郎、しっかりしろ」

声に反応はない。

「放っておくと死ぬぞ、一之丞」

信平が言うと、

「はあ?」

と、若と呼ばれた男が耳に手を当てた。

「真島一之丞、今なら間に合う、医者を呼べ」

「馬鹿かてめえ。今から魚の餌になろうって奴が、医者に診てもらってどうなる」

「いいから、呼べ」

信平は顔をうつむけ、ゆっくりと立ち上がった。

その雰囲気に、これまでと違う何かを感じ取ったらしく、やくざ者が顔色を変えた。

一之丞たち三人は、信平が道場で木太刀を振るところを見ているので、その腕の程は知っている、つもりだ。

まずは二人が刀を抜き、じりじりと信平に迫った。

「目障りなんだよ、貧乏公家が」

一之丞が言うなり、二人が気合声を発して斬りかかってきた。

関谷道場に通うだけあって、太刀筋は良い。だが——。

「うげ」

「おお」

斬りかかった瞬間、信平がひらりと舞ったように見えたと思うや、何をどうされたのか、二人の男は足が宙に浮き、背中から地面に叩きつけられた。

一之丞もやくざたちも、一瞬の出来事に瞠目《どうもく》し、息を呑み込んだ。

「お、のれ」

「く、くそ」

倒れた者が、立ち上がろうとして、髪の毛がばさりと顔にかかって仰天《ぎょうてん》した。髷《まげ》が、切り取られていたのだ。

「うわ」

「ひッ、ひい」

髷を切られるのは武士の恥だ。二人とも悲鳴をあげて、羽織で頭を隠した。

信平は静かな目で、二人を見下ろしている。

「ば、ばけものだ」

やくざたちは腰がひけてしまい、

「先生！」

と、親分が叫んだ。

酒を呑んでいた浪人が出て来て、鋭い目を向けてくる。

歳の頃は三十半ばだろうか、頬は病的にこけ、魚が腐ったような目の色をしている。

「おまえ、人を斬ったことがあるな」

と、信平が厳しい目つきで言う。

「ああ、数えきれぬほどになぁ」

黄色く変色した歯を見せて、浪人が不気味に笑う。静かに刀を抜くと、左足を前に出し、刀を右に寝かせて腰を低くし、脇構えをとる。

それに対する信平は、右腕を顔の前に上げた。指の先から、ぎらりと光る刃《やいば》が見える。

「ふん、隠し刀とはこしゃくな」

浪人が鋭い目を向け、じり、じり、と、前に出る。

出たと思うや、

「むん！」

と、気を吐き、刀を一閃《いっせん》する。

信平は攻撃をかわすが、太刀風は凄《すさ》まじく、触れずとも斬られるようである。

「てえい！」

袈裟懸《けさがけ》に斬り下げ、返す刀で逆さに斬り上げてきたが、信平はその攻撃の全てを、ひらりとかわす。

「おのれ、ちょこまかと」

苛立ちの声をあげた浪人が、間合いをあけて一呼吸する。が、浪人は、己の着物を見て、目を丸くした。

逃げているとばかり思っていた信平は、相手の着物を切り、ずたずたにしていたのだ。

「もう、そのへんでやめにせぬか」

「黙れ！」

信平の言葉を挑発ととらえたか、浪人は静かに大きく息を吐き、今度は正眼《せいがん》に構えた。

「次は逃がさぬ」

よほど自信があるのか、その構えをとった瞬間に、内から出る気が変わった。

「ならば、麿も本気でいくぞ」

信平の声音《こわね》が変わった。低く落ち着きのある声で、目は、相手を射抜くほど鋭い。

静かに腰の狐丸を抜くと、右手一本で柄を握り、腕を真横に伸ばした。

薄暗い場所でも、狐丸の刀身が白い輝きを放っている。浪人が構える刀にくらべても、その輝きの違いは明らかだ。

「良い太刀を持っているな。あとで、この俺様が頂くとしよう」

腰を落とした浪人が、正眼の構えから鋭い突きを入れてきた。

速い！

常人には切っ先の伸びが見えぬ。そして、信平の喉を正確に突いた。

浪人がにやりとした、が、まるで残像のように、ふっと、切っ先から信平が消える。

瞠目した浪人は、刀を突き出したまま、ぴくりとも動かない。

その背後で、太刀を鞘に納める音がぱちりとして、信平が小さく息を吐いた。

浪人は、瞠目した黒目を天に向けると、くぐもった呻き声をあげて、足から崩れるように倒れた。

「ひ、ひゃあ！」

やくざたちが、腰を抜かさんばかりによろけながら、一斉に逃げ出した。

一人取り残された真島一之丞が、

「く、来るな」

震える切先を向けて、後退りしている。

「ひ、人殺し、来るな」

「案ずるな、気絶しているだけじゃ」

信平がふたたび狐丸を抜き、切先を真島に向ける。すると真島は、持っていた刀を放り出し、その場に土下座した。

「わ、悪かった、許して」

「二度と、人を傷つけぬと約束できるか」

「する、します」

「破れば、次は命なきものと思え」

「はい、はい」

一之丞は何度も額を地面に打ちつけ、土がつくのも構わず必死で詫びた。

「みなで弥三郎を医者に運べ、死ぬようなことあらば、麿が貴様たちを成敗する」

髷を切られた二人が戸板を外して来て、弥三郎を医者に運んで行った。

気絶した浪人は縄で縛り、一之丞に命じて番屋に走らせる。

信平はすました顔で表に出ると、その日は富川町の屋敷に帰った。

六

「で、その弥三郎とか申す若者は、どうなったのだ」

「はい、二日後に意識を取り戻したそうにございます。医者が申しますには、運び込んだ三人の者は、祈るようにして、寝ずの番をしたそうです」

「そうか」

将軍家光が、楽しげに笑った。

「上様？」

「どうじゃ、豊後守、余は面白き者を家臣に持ったのう」

「さようですな」

豊後守は真顔でうなずき、下座にひざまずく葉山善衛門に視線を向けた。ここは、江戸城本丸の中奥である。将軍が日常生活を送る場所であり、善衛門にとっては、自分が生涯を捧げてきた職場だ。

「善衛門」

「はは」

「町奉行の話では、信平殿が倒した浪人者は、とんでもない奴であったぞ」

「と、申されますと」

「その者、奉行所が手配をかけていた人斬り与左衛門《よざえもん》であった。直心影流《じきしんかげりゅう》の遣い手で、町方同心では歯が立たぬほどの剣客。それを倒すとは、信平殿はかなりの遣い手であるぞ」

「はあ……」

善衛門は腑に落ちない。

「剣はあまり遣えぬと、申されていたに」

「鷹が、爪を隠しておるのよ。実に、面白きやつ」

家光が嬉しげに言うものだから、葉山善衛門は苦笑いをするしかない。

「善衛門」

「はは」

「これからも、わが義弟のことを頼むぞ。面白きことがあれば、遠慮せず報せに参れ」

「ははあ」

「うむ、大儀《たいぎ》であった」


「お初殿――」

「信平様」

「うん?」

「どのは、いりませぬ。初とお呼びください」

「では、お初」

「はい」

「葉山殿はまだ戻らぬか」

「まだです。お役目を忘れて、いったい何処に行かれたのでしょうね」

「お役目？」

「いえ、お供です、信平様のお供」

「お初」

「はい」

「正直に申すがよい。麿を見張れと、命じられているのだろう」

「そ、そのようなことは……」

「おかしいな。今日はずっと、後ろにいたではないか」

「げッ」

「げ？」

「いえ、げてものが、混じっていたと……」

お初が慌てて、小魚を載せた竹ざるをあさり、何かを捨てるふりをした。

「何が入っていたのだ」

「殿方が台所に入ってはなりませぬ」

ぴしゃりと言われ、信平は足を止めた。

お初は忙しそうに動き回り、夕餉の仕度をしている。まるで今取りかかったようなので、信平は心配になった。

「忙しいのだから、下女を雇おうか」

自分を監視する役目と、家の世話をするのは大変だなど本気で思っている。

「そのようなもの、不要にございます。だいいち信平様、五十石では、これ以上人を雇うのは無理というものです」

信平は申し訳なさそうに頭をかいた。

そこへ、葉山が戻って来た。

「ただいま戻りましたぞ」

「葉山殿、用事はもう済んだのかな」

「ええ、まあ」

信平がじっと見ていると、葉山が、なんだ、という顔をした。

「上様は、なんと」

「だ、誰も、お城に行ったとは申しておりませぬぞ」

「でも、行ったのでしょう？」

また、じっと見る。

物を食うように口をもぞもぞとしたあとで、

「行ってはおらぬ」

と開きなおり、背を返した。

「ふふ、逃げたな」

信平が楽しげに言うと、

「うん？　何か」

お初が、化け物を見るような顔をしている。

「い、いえ」

「今日は、ちと酒が呑みたいの」

「駄目です！」

お初がぴしゃりと言い、忙しそうに裏庭へ出て行った。

台所に風が吹き込んできて、桜の花びらが舞う春のことである。

第二話　るべうす事件

一

鷹司信平が深川の屋敷に住みはじめて、三年の年月が過ぎた。

大川から東の深川あたりは、寛永四年（一六二七年）、三代将軍家光の時代に富岡八幡宮が創設されて以来、門前町として発展を続けている。

だが、日本橋や浅草界隈にくらべると、まだまだ野原や芦原が目立ち、辺鄙《へんぴ》なところである。門前町には芸者を上げる料理屋もあるが、大川を渡った向こう岸の賑わいには敵わなかった。

この深川と、その北側の本所《ほんじょ》は、大名家や大身《たいしん》旗本の別荘とされる下屋敷がある。

近辺には旗本や御家人が住む屋敷もあるのだが、土地柄、そこに住む者のほとんどが、

「幕政からつまはじきにされた」

と、思っているのだ。

それゆえ、幕府の目が届かぬのを良いことに、悪の道に足を踏み入れる武家がいる。一部の人間が起こす悪行によって、深川が、使えぬ武家の吹き溜まりと、悪評が立つのである。

さて、それはさておき、この深川富川町でのんびりと気ままな暮らしをしている信平も、今年で十八になった。

動きやすいからと、今も狩衣《かりぎぬ》と指貫《さしぬき》の、公家姿をやめられない。

初夏の季候にあわせて、薄水色の狩衣を着て、純白の指貫を穿き、庭が見える自分の部屋で、昼寝を楽しんでいた。

寝息をたてる信平の背後で、静かに襖が開けられていく。

人がそろりと入るが、その手には、昼間の陽光をきらりと反射させる刃物が握られていた。

しめしめ、今のうちに。

そう言わんばかりに薄ら笑いを浮かべ、ちろりと上唇を舐めた。

腕枕で寝ている信平の背後から近づき、刃物を頭に近づける。そおっと、手を伸ばした時だ。信平がぱっと後ろを向いた。

「わッ！」

葉山善衛門が、大声をあげて尻餅をついた。

「と、殿、危のうござるよ！」

「それはこちらが申すことじゃ」

信平は頭が切れておらぬかと、掌を当ててみた。

「ええい、もう少しであったに」

と、善衛門が悔しがる。

「その手にはのらぬぞ、善衛門」

この二人、三年のあいだにすっかり打ち解けて、信平は善衛門、善衛門は殿と呼び合うようになっていた。

「殿、登城は明日ですぞ。今日こそは、なんとしても月代《さかやき》を剃っていただきます」

月代を剃っていない信平は、屋敷でくつろぐ時は肩まで伸びた直毛を下ろし、出かける時は、一髻《ひとつもとどり》という平安の世から伝わる髪型に結上げ、立烏帽子を被る。

「江戸城への登城はこれでよいではないか、三年前に家光公に拝謁した時も、狩衣に立烏帽子であったのだから」

「なりませぬ」

「なぜじゃ、家綱様は、そのように小うるさいお方なのか」

「殿、そのようなことは口が避けても申してはなりませぬぞ」

「やはり、小うるさい方なのじゃな」

「そうではなくて……」

鼻息を荒くした善衛門は、口をもぞもぞと動かした。

「話の途中で何か食うておるのか善衛門」

信平はそう言ってからかった。

善衛門は憮然としている。

三代将軍家光は、信平が江戸に来た翌年の、慶安四年四月二十日にこの世を去った。

江戸城本丸御殿の白書院で拝謁した際、下段の間に座って信平に厳しい視線を向けていた堀田加賀守正盛《ほったかがのかみまさもり》は、家光の死去にともない殉死《じゅんし》している。

将軍職は、家光の長男家綱が継いだのだが、

「上様はまだ十二歳にございます。殿の着ている物にとやかく申されるようなことはありませぬ、ただ……」

「……ただ？」

「ええい、ごめん！」

善衛門が刃物をかざし、強行策に出た。

「やめぬか」

「やめませぬ」

二人がもみ合っていると、

「はいはいはいはいはい、そこまで！」

お初が手を叩きながら入って来て、掃除をするから出ていけと言う。

「じゃれあってないで、お散歩にでも行かれたらどうですか」

「そのような場合ではないぞお初、おぬしも手伝え」

「ご冗談を、それでなくてもわたくしは忙しいのでございますよ」

手拭いで髪を隠したお初が、ほうきで畳を掃いて二人のあいだに割って入る。

この機を逃すまいと、信平は廊下に出た。

「あっ、逃げた！」

殿！　殿ぉ！

善衛門の叫び声を聞きながら、信平は屋敷の外へ逃げ出した。

関谷道場がある門前町に向けて歩いていたが、ふと足を止めた。

深川には、仙台堀川《せんだいぼりがわ》をはじめ多くの堀が開削されているが、また新たな堀が掘削されはじめたらしく、大勢の人夫が葦原にむらがり、作業をしている。

三年前にこの深川に来た頃は、遠くからでも富岡八幡宮の屋根が見えていたのだが、今では堀川の護岸整備も進み、それにあわせて町屋が建ちはじめているので、見えにくくなっている。

人夫たちの威勢の良い声を聞きながら、信平は堀川のほとりを歩きはじめた。

善衛門はこの深川を辺鄙な場所だと言って嘆いているが、多くの町屋が集まる日本橋や浅草の地よりは、景色も良いので好きだ。

近頃では富岡八幡宮に参拝する人が増えたが、まだまだ通りを歩く人の数は少なく、のどかなものである。

そんなのどかな通りで、信平は後ろから誰かに衝突されてつんのめりそうになった。

関谷道場近くの、門前町の通りでのことだ。

振り向く間もなく、男の子が走り去っていく。後ろ姿は髪がぼさぼさで、灰色とも茶とも分からぬぼろを着て、足元は素足だ。

「まちやがれ小僧！」

背後で大声がして、着流しの裾を端折《はしよ》った男が追って来た。

「誰かその小僧を捕まえてくれ、すりだ、すり！」

言ってるはしから、小僧は見えなくなった。

あきらめた中年男が、道にあぐらをかいて座り込み、悔しげにちきしょうと叫んで地面を叩いた。

（どう見ても、この男のほうが悪者に見えるな）

信平はそう思いながら、横を通り過ぎようとした。

「おいあんた、待ちな」

呼ばれて振り向くと、先ほどの男が息をぜいぜいやりながら、見上げていた。

「麿に用か」

「まろだかまるだか知らねえが、懐の物は取られてねえかい」

「懐の物？」

はて、と手を入れてみる。

「何もないが」

「やっぱり取られちまったか」

「いや、初めから何も入れておらぬ」

男がちっと舌打ちをして、追いかけて損したぜと言いながら立ち上がった。腰には、十手《じって》が差してある。

「何か抜き取ったように見えたんだがなぁ」

小僧が消えた道の角を睨み、

「ほんとに何も取られてねえのかい」

しつこく訊く。

「取られておらぬ」

「そうかい、じゃあ、何かあったら門前の番屋まで届けな。おれは徳次郎《とくじろう》ってもんだ」

周囲にぬかりなく視線を廻《めぐ》らせると、徳次郎は小走りで去った。

「さて、困った」

信平はまた、懐に手を入れた。

「これでは、団子も食えぬなぁ」

不覚にも、銭を入れた巾着《きんちゃく》を抜き取られていたのである。大した額は入っていないので黙っていたのだが、

「それにしても、いつの間に」

抜き取ったのか。

あの少年は後ろからぶつかったはずなのに、どうやって懐に手を入れたのか。

信平は小さなため息を一つして、背を返した。

屋敷に帰っていく道で、ふと気配を感じて足を止めた。

「見ていたのか」

「逃げたりするから、あのような目に遭うのですよ」

柳の陰からお初が顔を覗かせ、くすりと笑った。

いまだに監視は続けられているが、老中阿部豊後守の耳に入れるほどのことは、この数年起きていない。

お初はお役目と申しているが、今や癖になっているようなものだろうと、信平は勝手に思い込んでいる。

意識してすました顔で歩を進めると、お初が隣に並んできた。

「お一人で出かけるのはお控えください」

「麿は、人助けをしたのだ」

と、強がる。

「ええ、そうですね」

「その笑みは、馬鹿にしておるな」

「………………」

信平は立ち止まり、気を取り直して、また歩きだす。

「善衛門はどうしている」

「ふて寝をされています」

「子供じゃな」

「信平様？」

「うん？」

「武家の髪型は、お嫌いですか」

「武士にはなりとうてなったのだが、頭を剃るのはどうも、な」

「やはり、お公家様ですね」

「公家だから申しているのではない。武士にも、総髪の者は大勢おるではないか」

「それは、まあ」

「なぜ急に剃れと申すのか分からぬ。上様がお亡くなりになられた時も、将軍になられた家綱様にお祝いを申し上げた時も、この狩衣が許されたに」

お初がため息をついた。

「やはり、何も聞かされていないのですね」

つい口から出たとばかりに、お初が目を丸くして唇を塞《ふさ》いだ。

「うん？　何のことじゃ」

「い、いえ、何も」

「申せ」

「なんでもありませんよ」

「お初、気になるではないか」

腕を摑んで止めると、

「はは、あはははぁ」

苦笑いで、誤魔化そうとする。

「お初、申さぬか」

「…………」

お初はいっそう苦笑いをして、全て話しますと言って、うな垂れた。

二

「殿、腹が痛いから登城を断るですと！」

襖が勢いよく開け放たれ、布団をはぎ取られた。

「そのような仮病が、この善衛門に通用するとおもうてか」

「仮病ではない。まことに腹が痛いのだ」

信平が布団を奪い取り、頭からかぶった。

「夕べは鰹をあれほど食べたではござらぬか」

「だから、食べ過ぎたのじゃ」

「なりません。なりませんぞ」

「どうしてそのように連れて行きたがる。今日でのうても良いであろうに」

「なりません！」

信平がすっくと起き上がり、

「善衛門！」

珍しく大きな声を出し、じっと見つめた。

「な、なんでござる」

「麿に、何か申すことがあろう」

「な、何も」

たちまち、たじたじとなったが、逃げるように背を向け、膳の間《ま》に鋭い目を向けた。

膳の間では、お初が涼しげな顔で朝餉の仕度をしている。

「おぉはぁつぅ？」

喋ったなと睨む善衛門だが、お初はぷいっとそっぽを向いて立ち去った。

信平が二人のあいだに座りなおして顔を見ると、善衛門がにんまりと笑った。

「と、殿、これには事情が」

「縁談のことを隠して登城させるのに、どのような事情があるのだ」

「正直に申せば、素直に登城してくだされたと申されるか」

これまで二度三度と、縁談の話を持ち出せば逃げてきた信平だ。善衛門も負けてはいない。

「よろしいか殿、こたびは上様からのお呼び出しにござるぞ」

それゆえ、内緒にして登城させようとした善衛門を攻めることはできぬ信平であるが、

「ああ、腹が」

と、知らぬとばかりに、厠に逃げる。

「殿、殿様」

「腹が……」

「殿！」

なんやかんやと理由をつけて抵抗したのだが、結局、信平は舟に乗せられていた。

上様からの命令だと言われては逃げられるはずもなく、川の水面を眺めながら、ため息をついた。

前に座る善衛門は、どこか満足げに表情を明るくして、

「殿、ごらんなされ、今日は富士山がよう見えますぞ」

お城も美しゅうござると言って、景色を楽しんでいる。

大川につながる小名木川《おなぎ》は、徳川家康公が行徳《ぎようとく》塩田の塩や、近郊の村でとれた米と野菜を江戸に運ばせるために開削させた運河である。

本所側の護岸整備も進み、小規模ではあるが湿地を埋め立てて宅地開発も進められ、徐々に町が広がりつつある。

だが江戸市中とのあいだに大川が横たわっているため、渡し舟による往来の不便さから、こちらに居を移す者はまだまだ少ない。

舟はやがて大川を渡り、日本橋川から町中に入っていく。

信平は、久々に江戸の町中に来たが、その賑わいは、やはり深川界隈とは比べ物にならない。

日本橋は大勢の人が行き交い、岸辺の道も、華やかな振袖を着た娘たちや、小袖を粋に着こなす町男が行き交い、買い物を楽しんでいる様子だ。

楽しそうな町の様子を見て、信平はまたため息をつく。

善衛門は縁談の話があると申したが、いったいどのようなことになるのだろうか。

上様からの登城命令とあらば、どこぞの大名家か旗本の姫との縁談を勧められるに違いないが、今の自分が、嫁を迎えるなど考えられぬ。

何か良い手はないものか考え、信平はある思いに達した。

「断ればよいのだ」

「今なんと?」

善衛門が振り向く。

「いや、なんでもない。独り言じゃ」

信平は今この瞬間に、きっぱりお断りすることを決めた。決めてしまえば、江戸城が近くなっても気が重くはならなかった。

岸に着けた舟から降り、常盤橋《ときわばし》を渡って御曲輪《おくるわ》内に入ると、大手門から江戸城三の丸に入り、二の丸の三重櫓《やぐら》を右手に見つつ下乗門に入り、中之門を潜ると、中雀《ちゅうじゃく》門《もん》から本丸に入った。

ここまで来るだけでも、町を一つ二つ歩き抜くだけの距離がある。

本丸御殿に上がり、ここで善衛門と別れて、一人白書院に通される。信平がここへ来るのは、三年前、家光公に拝謁して以来のことである。

下段の間に入ると、時をあわせるように、幕府重臣たちが入って来た。

いまだ五十石とりにすぎぬ信平にとっては、平伏すべき相手ばかり。

静かに頭を下げ、方々《かたがた》が腰を据えるのを待った。

「信平殿、面を上げられよ」

「はは」

老中、阿部豊後守と松平伊豆守が左右に分かれ、向き合って座している。

「久しぶりであったな」

「ははあ」

豊後守が明るい表情で言い、伊豆守が厳しい顔を向ける。

まだ公家の格好を――。

そう言わんばかりの目を上下させたが、興味をなくしたように視線を正面に戻し、豊後守に向けた。

豊後守も視線を正面に向ける。

縁談を断ることを腹に決めている信平は、緊張するでもなく、襖絵に視線を止めていた。

将軍が代われば本丸御殿は改装されると聞いている。

この白書院も模様替えがされており、確か三年前の襖絵は、金箔を多用された荘厳な景色の中に、今にも飛びかかって来そうな虎が描かれていたが、今は、金箔の荘厳な物に変わりはないが、金色《こんじき》の雲の中に寺院と僧侶の姿があり、天上界を想像した景色が描かれていた。

「信平殿、この絵が、珍しいのか」

豊後守が訊いてきた。

「三年前と変わっているものですから、美しさについ見とれてしまいました。されど、先の虎の絵も良うございましたので、どうなったのかと……」

「ほう、大猷院《だいゆういん》（家光）様に初めて拝謁し、緊張していたのかと思うていたが、襖に何が描かれていたか覚えているとは、いや、さすがじゃのう」

「恐れ入ります」

「あの虎は、確かに生きておるようだった」

「はい」

「それゆえな、上様が嫌われたのじゃ。恐ろしいと申されては、替えるしかあるまい」

「なるほど」

将軍家綱はまだ十二歳だ。心根の優しきお方と聞いているので、勇猛な動物の絵を嫌われたのだろう。

襖絵が変わっただけで、高圧的だった部屋の雰囲気とは違い、今は穏やかに感じる。

「それにしても、いや、こたびはめでたいことじゃのう」

「……はあ？」

唐突に言われて、信平は不審に思った。

縁談の話があるとは聞いているが、豊後守からめでたいと言われる筋合いはない。

信平の応対に豊後守も不思議に思ったか、

「うむ？」

と、何も知らぬのかという顔をする。

それを見ていた松平伊豆守が、鼻で笑って口を挟んできた。

「鷹司殿、ここへ招かれた理由を聞いておらぬのか」

「縁談のことで話があると聞いておりますが」

「話がある、となし」

伊豆守は、それみろと言わんばかりの顔を豊後守に向けた。

豊後守が慌てたように、

「善衛門から、どのように聞いておるのだ」

と訊く。

「上様から縁談の話があると、聞いておりますが」

「なるほど」

豊後守が扇子をぱちりと閉じて、

「信平殿がうんと言うてくれぬと、嘆いていたからのう」

伊豆守に向けて言い、二人は仕方のない奴だと笑った。

なんのことだと訊こうとしたが、太鼓が打ち鳴らされたので口を閉じる。

「上様の、おなりである」

上段の間の奥から大仰《おおぎょう》な声がしたのに応じて、信平は中老たちと共に平伏した。

衣擦れの音がして、数人の足音が下段の間の上座へ向かい、続いて、上段の間に人が入る気配があった。

みなが腰を下し、静かになる。

「みなの者、面を上げよ」

と、声変わりもせぬ子供の声がした。

面を上げた信平の正面に、第四代将軍徳川家綱が座っている。

明るい空色の羽織に、銀糸がふんだんに使われた袴を穿いた家綱は、幼さが残る顔の唇を引き締め、穏やかな心を表す目で、信平を真っ直ぐ見据えていた。

「上様のご尊顔を拝し、恐悦至極にござりまする」

信平の挨拶に対し、十二歳の将軍は、

「うむ」

と、この一言で応じた。

あとを引き継いだのは、豊後守の上座に座り、信平に対し斜めに身体を向けている男、会津《あいづ》藩主、保科肥後守正之《ほしなひごのかみまさゆき》である。

前将軍家光は、異母弟である保科肥後守を非常にかわいがり、死の前に枕元に呼ぶと、徳川宗家を頼むと、言い残した。

保科肥後守は、恐妻家の二代将軍秀忠が鷹狩りで立ち寄った村の大工の娘に産ませた子だ。織田信長の姪であるお江《ごう》の方《かた》を恐れるあまり、外に子が出来たと言えぬ秀忠がわが子と会うことはなく、肥後守は保科家の子として育てられた。

父と子が初めて面会したのは、お江の方がこの世を去ったあとだ。肥後守が十八歳の時である。

兄家光にかわいがられた肥後守は、この後も徳川のために生き、後に会津家訓十五箇条を残し、幕末の第九代藩主はこれを守って薩長軍と戦う。

それはさておき、この肥後守が、同じ庶子の身である信平に温かい目を向けているかどうかは、今の時点では分からぬ。

上座から信平に向ける目は厳しく、かといって、攻撃的でもない。

「鷹司信平殿、これよりは上様に代わり、この肥後が申し渡す」

「はは」

「まずは、松姫《まつひめ》様との婚礼の儀が無事終わりましたこと、祝着にござる」

「…………！」

信平は絶句した。

その表情を見た肥後守が、眉をひそめた。

「信平殿、いかがされた」

「上様、肥後守様、そのことについて、この豊後がご説明いたしまする」

「うむ？」

「手違いがござり、信平殿には、その、まだ何も知らされておりませぬ」

「なんと」

肥後守が目を丸くして尻を上げたが、気を取り直して信平に言った。

「まあ、先に聞こうが、今聞こうが、同じことじゃ。のう、信平殿」

「はぁ」

「松姫様は、紀州《きしゅう》藩主、徳川権大納言《ごんだいなごん》頼宣《よりのぶ》様ご息女にあらせられる。訳あって本人不在のまま婚礼の儀が執り行われたが、これは、上様の意向でもあるゆえ、異存はござるまいな」

目の前にいる上様の意向であると言われて、反論できるはずもない。

「ははあ」

と、ありがたく受けるしかなかった。

満足げに、そして微笑ましく頷いた肥後守が、将軍家綱に向き直り、

「上様、これにて婚礼の儀、あい整いましてござりまする」

そう言って、頭を下げた。

幼い家綱は、さようかと言い、軽く頷いただけだ。

肥後守がふたたび下座に向き、

「本日はこれまで。一同の者、大儀であった」

まるで将軍のように言う。

みなが頭を下げる中で、ただ一人、大老酒井《さかい》左少将《さしょうしょう》忠勝《ただかつ》のみが頭を下げず、信平をじっと見ている。人となりを、観察している目だ。

何か、と、面を上げた信平が左に座る酒井を見る。

視線を外した酒井は、空咳を一つすると退室していった。

「肥後、豊後、そして信平、三名の者は残れ」

家綱に呼び止められた。

帰ろうとしていた肥後守と豊後守が何事かと顔を見合わせ、

「はは」

と、ふたたび腰を下した。

「信平、ちこう」

家綱に言われて、腕を前についた分だけ膝を滑らせて身を寄せる。

「もそっと寄れ」

「はは」

信平は中腰になり、上段の間に手が届く位置まで進むと正座して、頭を下げた。

「信平」

「は」

「亡き父上よりそちたち姉弟のことは聞いている。そちの姉、本理院《ほんりいん》（孝子）様とそちには、肩身の狭い思いをさせたと言われておったぞ」

「もったいない、お言葉にござります」

「父上は冷たくされたが、余は、本理院様を母と思うておるのだ」

「今のお言葉を本理院様が聞かれたらば、泣いて喜びましょう」

「うん」

保科と阿部の両名は、目を伏せ気味にして聞いている。

「信平」

「はは」

「こたびの事、急なことで驚いたであろう」

「正直、まだ動揺しておりまする」

家綱は、さも嬉しげに笑う。子供の表情が見えたと思ったが、すぐに真顔となり、

「松姫を娶り、そちは徳川家の縁者となったのだ。今日から、松平と名乗ることを許す」

「はは、ありがたき幸せにございまする」

「うん、しかしな、信平、この婚礼を機にそちにはもっと禄を増やすつもりでいたのだが、できなかった。だが案ずるなよ、近いうちに必ず、加増するでな」

この言葉を喋る様子などは、子供とは思えぬ威厳が漂っている。

「そのことですが上様」

保科が頭を下げ、口を挟んできた。

「幕府重臣のあいだで、決着が付いておりまする」

「うん、分かっている。あの者が、加増を見合わせるべきと申したのであろう」

「いかにも。ですから、今ここでは……」

「叔父上、余は将軍であるぞ。それに、信平のことは父上から頼まれた遺言じゃ、それなのに——」

「今しばらくのご辛抱を」

と、言葉を切り、保科が言う。

「今は、幕府にはあの者の力が必要でございます。今しばらくのご辛抱を」


将軍家綱は怒りはしなかったが、加増できぬことが面白くなさそうだ。

公家の出である自分が、神君家康公の十男で、紀州五十五万石の大大名である徳川頼宣と縁を結んだことに関係があるのだろうか。

しかし、この結婚は、他ならぬ将軍家綱の意向だ。

あの者、が誰かは想像もつかぬが、自分が加増されると何か支障があるのだろう。

将軍と幕府重臣のあいだに口を挟めるはずもなく、信平は黙っているしかない。

「信平殿も、現状維持でよろしいな」

「ははあ」

保科に言われて、元より不服などない信平が頷く。

「まあ、何か手柄を立てるようなことがあれば、加増は簡単でござろう」

阿部豊後守がぼそりと言うと、

「うん、その手があるのう」

将軍家綱の顔がぱっと晴れる。

「信平」

「はは」

「父上は善衛門なる者からそちの話を聞くのを楽しみにしておられた」

「はあ」

　嫌な予感がした。

「江戸市中でのことは、余も聞いてみたいぞ」

「はあ、しかしあれ以来、麿、いえ、わたくしは大したことには遭うておりませぬし、してもおりませぬ」

「小さなことは、いくつかあったであろう。些細なことでも良いのだ」

「はあ」

　苦笑いを浮かべてふと視線を横に向けると、阿部豊後守が恐ろしげな顔に笑みを浮かべて、

「上様、善衛門には、この豊後から伝えておきましょう」

　などと、いらぬ太鼓判を押した。

三

白書院を退室した信平は、一人とぼとぼと本丸御殿の廊下を歩み、肩を落としてため息をついていた。

いきなり妻ができ、市中でのことはいちいち上様の耳に入る。そう思うと、息が詰まりそうだった。

「家光公がお亡くなりになられて、ほっとしていたと申すに」

人に聞こえぬように愚痴《ぐち》りながら歩いていると、いきなり障子が開き、もの凄い力で中に引っ張り込まれた。

「何をする」

裃をきちんと着た若い侍が、信平を引っ張り込むや障子を閉め、片膝をついて頭を下げた。

「ご無礼をお許しください」

「何者じゃ」

「それがし、権大納言様家来、中井春房《なかいはるふさ》と申します」

「紀州様の」

「はい」

中井が奥の部屋に続く襖を開け、

「わが主《あるじ》が、話があると申しております」

中に入るよう、促した。

入り口で頭を下げる中井の前を通り、部屋の中に足を踏み入れる。

気配を感じて横を見れば、仁王のような男が、今にも殴りかかりそうな形相で立っていた。

信平は内心驚いたが、すぐに膝をつき平伏した。

「お初にお目にかかります、鷹司……」

「これだけは申しておく」

挨拶も聞かず、頭の上から大声が降ってきた。

「わしはのう。上様の命に従って可愛い娘を差し出したのだ、分かるな」

「……はい」

「そうか、分かるか」

徳川頼宣はかっぷくの良い身体を揺すって座ると、あぐらをかいた。

「信平殿、おぬしには悪いが、松は少々身体が弱くてのう、辺鄙な深川の狭い屋敷での暮らしに耐える体力がない。今日も、そのような理由で、本人欠席のまま、婚礼の儀を済ませたのだ」

「そうでございましたか」

「うむ、そうなのじゃ」

と、困ったように言う頼宣は、食わせ者である。

「聞けばおぬし、禄高はたったの五十石だそうじゃな」

「はい」

重ねて訊《たず》ねる。名門鷹司家の血を引く者が、辺鄙な深川の狭き屋敷に住み、しかも、わずか五十石で満足していると聞いたが、それは、まことか」

「はい」

頼宣が鼻から大きく息を吸い込んで目をつぶり、頬を揺らすほどの怒りを堪えている。

「すまぬがな、信平殿、先ほども申したように、松は身体が弱い。わずか五十石の家になど、暮させるわけにはまいらぬ」

「……はい」

「そこで相談じゃが、おぬしの禄高がせめて五百石、いや、千石となるまで、松をわが紀州藩で預からせてくれぬか」

ようは、貧乏旗本に娘はやらぬ、こう言いたいのである。

夫婦であっても、姫が嫁として屋敷に来ぬとあれば、これまでとなんら変わりはない。

信平は、目の前がぱぁっと明るくなったような気がした。

「なんじゃ、嬉しそうじゃのう」

「いえ」

信平は意識して悲しげな顔をして見せた。

娘をやらぬと言っておいて、相手が嬉しがるのが面白くないのか、頼宣は憮然とした。

「嫁に出したほうとしては、早く迎えに来てもらわねば困るぞ」

と、訳が分からない。

「はは、努力いたしまする」

先ほど加増は難しいと言われたばかりだ。この婚礼はなかったことになると、信平は心の中で胸を撫で下ろしていた。

「千石じゃ、よいな」

　それまでは会うことも許さぬと言い、頼宣は部屋から立ち去った。

　後日、紀州藩から正式な文《ふみ》が届けられ、松姫の養生が終わるまで藩邸で預かることは、将軍家綱の許しを得たと知らせてきた。

　これに怒ったのは、善衛門だ。

　無礼千万と叫び、文を破り捨てようとしてお初に取り上げられ、睨まれている。

「良いではないか善衛門、このまま三人で、気楽に暮せるのだぞ」

「何を申される。鷹司家の血を引き、今や徳川の縁者となったと申すに、このような仕打ちをされて悔しくないのですか」

「聞けば、松姫はまだ十五と申すではないか。紀州様が出しとうないのも当然であろう」

「それはまあ、確かに」

　納得しかけて、慌てて善衛門がかぶりを振った。

「わしが申しているのはそのことだけではのうて、殿にご加増がないのを馬鹿にしているのが許せぬのです。千石とるようになったら姫をやるなどと、やらぬと申しているのと同じではござらぬか」

つまり千石とりは夢の夢と、善衛門も認めているということだ。

そのことをお初に指摘され、善衛門がしまったと口を塞いだ。

「まことのことであるからな」

信平が空笑いをしていると、

「笑い事ではござらん」

善衛門が怒った。怒ったかと思えば、

「殿、こうなったら、意地でも千石とりになりましょうぞ」

などと張り切る。

阿部豊後守に何を吹き込まれたか知らぬが、善衛門の目の輝きに嫌な予感がした信平は、お初に今夜の晩飯は何かと聞いて誤魔化そうとした。

「あれ、お初がいないぞ」

「殿、人の話を聞きなされ」

「お初、お初」

「殿！」

どかんと雷のような大声がしたが、信平は涼しい顔をして台所に向かった。

「うふふ」

お初が手を口にあてて笑っている。

「うん？」

「二人を見ているとおかしくて」

「そうか」

「信平様は、ほんとに欲がないのですね」

「武士は上を見なければ駄目だと善衛門は申すが、麿は腹いっぱい御飯を食べて、夜はぐっすり眠れたら、それでよいのじゃ。上を目指せば人を傷つけ、また、傷つけられもするからな」

幕府内には、公家の血を引く者が出世するのを警戒する者がいる。辺鄙な深川で静かに暮していれば、いらぬ争いに巻き込まれることもなかろうと、信平は考えていた。

紀州様が松姫をこの屋敷に入れぬ理由も、実は、疑いの目を己に向けられることを避けているのではないかと、信平は思う。

それは、二年前に起きた事件に訳がある。

軍学者、由井正雪《ゆいしょうせつ》が起こした幕府転覆計画のことだ。

将軍家光の時代に多数の大名が減封と改易されたことにより、日本中に浪人があふれていた。行き場を失った浪人の中には、生きるために盗賊に身を落とす者もおり、地方の城下町や村々では、こうした者たちによる被害が急増していた。

幕府の政道に不満を抱いていた由井正雪は、家光が病で死に、幼い家綱公が将軍になると知るや、徳川幕府転覆を狙って行動を開始した。

その計画とは、仲間に江戸を焼き払わせ、混乱に乗じて幕府重臣を暗殺する。そして由井正雪は京で行動を起こし、天皇を擁《よう》して徳川討伐の勅命を賜り、皇軍を率いて江戸に攻め入るつもりでいた。

しかし、この計画は頓挫する。大目付、中根壱岐守正盛の隠密によって、事前に察知されたからだ。

事件は、これだけでは済まなかった。自決した由井正雪が、紀州藩主徳川頼宣が計画に関与する書状を持っていたからである。

調べによって偽物と判明し、頼宣にお咎めがおよぶことはなかったのだが、知恵伊豆の異名をとる老中松平信綱は、これを機に、幕閣に批判的な徳川頼宣に謀反の疑いありと言いがかりを付け、押さえ込んだのだ。

以来、頼宣は紀州へのお国入りを禁止されている。

こたびの松姫と信平の縁談は、将軍家綱の配慮に違いはないのだが、覇気《はき》に富む頼宣が五摂家である鷹司家の血を引く信平と縁を結べば、権力の増幅を警戒する者が出る。

これは推測ではあるが、頼宣が松姫を信平の元へよこさぬのは、またどのような言いがかりを付けられるともかぎらぬと、警戒しているのではないだろうか。

禄高千石など、今の状況では無理に決まっているので、信平は、この縁談は幻のようなものだと思っている。

妻がいると申しても、顔も知らぬのだから、気にすることもなかろう。

なんだか、目の前がちらちらする。

ふと気付くと、お初の大きな目が、自分を見つめていた。

「人の話を聞いているのですか」

手をひらひらと振りながら、呼びかけていた。

「ああ……すまぬ」

「殿、姫のことでも考えておられたか」

いつの間にか善衛門もいて、瓶の水を飲むと、にんまりとする。

「ああ！」

お初が声をあげたので、善衛門がびくりとする。

「なんじゃお初、大きな声を出して」

「今夜は美味しい揚げ物を作ろうとしたのに、油がないの。煮物の火を見なくてはいけないのにどうしましょう」

「よし、麿が買って来よう」

「殿、何を馬鹿なことを申される。お立場をお考えください」

善衛門が呆れて言う。

「ちょっと、買って来ますね。善衛門様、芋が焦げぬように、火のもりをお願いします」

「あ、ああ、分かった」

「ではお初、共に参ろうか」

「どうしてそうなるのですか、お初が一人で行けばよろしい」

「いや、ちと散歩もしたいのでな。善衛門、あとは任せたぞ」

「何を二人して……」

ぶつぶつ小言をいう老人を残して、信平とお初は屋敷から出かけた。

四

「助かったぞ、お初」

お初は黙って微笑んだ。

「善衛門のやつ、城から戻った日から出世だ加増だのと、うるさくてかなわぬ」

まいっていると正直に言うと、お初がくすりと笑い、

「今度は親子みたいですね」

と言う。

子供同士だったり、親子になってみたり、見ているだけで毎日が楽しいとお初が笑い、小走りで油屋の暖簾を潜っていった。

中が込んでいるようなので、信平は表で待つことにして、新しく掘り下げられている運河の普請場を見ていた。

木材を運搬できる運河が出来るのだと、前に善衛門が言っていた。

深川は運河が掘られ、海岸を埋め立てられ、徐々にではあるが、町を広げている。

町年寄たちは大川に橋を架けてくれと幕府に要望しているようだが、江戸城下の防

衛上、なかなか認められない。

人夫たちの威勢の良い声がする中で、信平は背を返し、油屋に目を戻した。

丸の中に高と書かれた藍染の暖簾が風に揺れている。

その暖簾と同じ色の羽織を着た侍が、信平の前を横切っていく。二人仲良く並んでなにやら話しながら、油屋の前を通り過ぎようとした時、背後から走って来た少年がぶつかった。

ぶつかった二人が絡み合うようになったと思うや、少年が腕を摑まれてねじ上げられ、悲鳴をあげた。

「小僧、武士の懐をさぐるとは大した度胸だ」

ねじ上げられた手には、財布が握られている。

侍はその財布を奪い返し、少年を蹴り倒した。軒先の柱に背中をぶつけた少年を見下げ、刀を抜く。

それに気付いた通行人から悲鳴があがり、たちまち野次馬が取り巻いた。

人の目を気にするでもなく、侍が厳しい顔を向けている。

「薄汚い小僧め、成敗してくれる」

白刃を振り上げる侍の下で、少年は観念したように目を閉じた。

「てぇい！」

気合の声を発して刀を打ち下ろす。

一刀両断、と、誰もが目をふさいだ。

だが、小僧の断末魔はあがらない。鋼と鋼がかち合う音がして、侍の刀が少年の額の上で止められている。

「おのれ、邪魔をするか」

侍は怒ったが、う、と、息を呑む。

狩衣姿の信平が何者であるか気にしたらしく、刀を持つ手から、すぅっと力が抜ける。

「相手は子供だ。それに、ここは天下の往来、財布を取られたくらいで刀を抜くでない」

一歩二歩と後退《あとじさ》る侍が、己の刀が刃こぼれしているのに気付き、目を丸くした。

右手に下げる信平の狐丸は、傷一つ入っていない。

連れの侍が刀を抜き、

「悪いのはこの小僧だ。邪魔をすると貴様も斬る」

威勢よく言うと、正眼に構えた。

信平は狐丸を右手に下げたまま、その者と対峙した。

立烏帽子《たてえぼし》を被る信平が、神々しくもある顔で相手を見つめる。その立ち姿には、一分《ぶ》の隙もない。

敵《かな》わぬと分かったのか、額に汗を浮かばせた侍が、静かに刀を退いた。厳しい顔で信平を睨み、背を返して去っていく。

少年を斬ろうとした侍も、あとを追うようにして走り去り、その場は何もなかったように治まりをみせたが、信平がふと気付くと、少年の姿も消えていた。

油屋から出て来たお初が、狐丸を鞘に納めている信平を見て駆け寄った。

「何があったのです」

「うん、ちと、すりをな」

「すり？」

「侍に斬られそうになったので助けたのだが、どこぞに消えた」

お初はあたりを見回したが、話が見えないのだろう、信平に視線を戻し、首を傾げている。

「まあ、なんでもない。さ、帰ろうか」

「そうはいきませんよ、公家の旦那」

「うん？」

背後から声をかけられて振り向くと、岡っ引きが上目に睨んで近づいて来た。

「おぬしは確か」

「門前町の徳次郎ってもんで」

「そうだったな。岡っ引きの」

へい、と言った徳次郎が、お初をちらっと見ると、意識したように胸を張った。

「小僧と言っても梅吉《うめきち》はすりだ。盗人を逃がしちゃいけませんや」

「見ていたのか」

「へい、この目でしっかりと」

「ふむ、しかし斬られるほどのことでもあるまい」

「そりゃ確かにそうですがね……」

徳次郎が粘りつくような目を向ける。

「……ちと見ていただきたい物がありますんで、番屋に来てもらいますぜ」

「無礼者！」

お初が前に出て、きっとなって睨み、懐剣に手をかける。

「このお方は――」

「お初、よせ」

「しかし……」

「よい、番屋とやらに興味がある。一度中を見てみたいと思うていたのじゃ」

さ、案内いたせと言って、信平は歩きだした。

「番屋を見てくれと言ったんじゃねえんだが……」

「お覚悟はよろしいですね」

お初が凛《りん》として言うと、徳次郎は不安げな顔色となり、小走りであとを追った。

「もう」

お初は苛立ちの声をあげたが、仕方なく、信平のあとを追う。

「ほぉう、番屋と申すところは、案外粗末なのだな」

信平は正直な気持ちを言葉にして、番屋の中を見回した。

狭い土間の向こうには六畳ほどの部屋があり、その奥にも板の間がある。

中には番人が二人ほど詰めていて、狩衣姿の信平に目をひん剝いた。

「徳次郎親分さん、今日はまた、どうなすったんで？」

するとと徳次郎が、

「このお方がな、梅吉を逃がしちまったのよ」

悔しげに言うと、番人たちが顔を見合わせた。

「何してる、茶をお出ししな」

「へい」

一人が茶を淹《い》れに、もう一人は机に向かって、仕事を再開した。

「で、麿に何を見せたいのだ」

「へい……」

徳次郎は、物入れの引き出しから何かを取り出した。

「……これで」

藤色の巾着だ。

「これは……」

「あなた様の銭袋ではないですか」

「確かに、麿の物だ」

やっぱりあの時、梅吉の奴にすられていたんじゃないですか、と言うので、信平は言葉に詰まった。

「公家の旦那」

「うん？」

「人がいいのは良いことですがね、こちとら罪人を捕らえるのに命をかけてるんです。子供だからとかばい立てされたんじゃ、仕事になりやせんや」

「すまぬ」

信平は渡された巾着を見つめた。中身は入っていない。

「これが麿の物だと、よう分かったな」

「お召物《めしもの》の柄と同じものがへえっておりましたので」

家紋ですかと聞かれたのでそうだと答えると、

「どちら様の家紋で？」

「うん、鷹司じゃ。これは、鷹司牡丹《ぼたん》と申す」

「そうですかい、この綺麗な家紋は、鷹司牡丹と言うんですかい」

感心したように言う。

ここは京の都ではなく天下の徳川将軍家お膝元、鷹司と聞いても、五摂家の鷹司とは誰も思うまい。

気付かぬことにお初は不服そうだったが、信平は気にもしなかった。

そんなことよりも、

「これを何処《どこ》で拾ったのじゃ」

こちらが気になった。

「そこの、八幡さんの境内の中ですよ。参拝客が、きっと身分がおありの方の物だからと、届けてくれたんで。いったい、貴方様は何様です。今更ですが、失礼があったらいけねえので、教えてくださいまし」

「富川町に住む旗本、鷹司信平と申す」

堂々と答えた。

「お武家様？」

狩衣姿を改めて見た徳次郎が、訝しげに首を傾げた。

「てっきり公家様と思ってやした。まろ、なんて雅《みやび》な言葉を使われてるし」

「まあ、麿のことはどうでもよいではないか。それより、梅吉のことを聞かせてくれぬか。あのような子供がなぜ盗人をしているのだ、親はおらぬのか」

「あいつの親は、二人とも死んじまってね」

「はやり病か」

「ええ、疱瘡《ほうそう》でころりと」

「それは、可哀想な。お初、油を置いて座りなさい」

「はい」

お初が油の壺を床に置いて、信平の横に座った。

紫の矢絣《やがすり》模様は腰元の着物だが、それが、お初を大人びて見せる。

「いい」

と、徳次郎親分が鼻の下を伸ばしたので、お初がきっと睨み上げた。

「それで親分、親を亡くした梅吉はどうなったのだ」

「…………」

「……親分」

「へい、今なんと?」

「梅吉は、親を亡くしてから辛い思いをしたのかと訊いたのだ」

「へい、一度は親戚が預かったんですがね、どうにもひねくれちまって、家を飛び出したんで。そこの女房に辛く当たられて、逃げ出したっていう噂もありますがね」

「では、今は一人で暮しているのか」

「親が生きてる時は三人幸せに暮していたんですがね、今は何処で寝泊りしてるんだか」

ため息まじりに言う徳次郎が、寂しそうに見えた。

「親分は、あの子が心配なのだな」

「父親《てておや》とは飲み友達でしてね、若い頃は、吉原で豪遊とまではいかねえが、よく遊んだもんですよ。それほど、羽振りも良かったんで。梅吉も、昔は素直でかわいい子でした。それが、あんなふうになっちまって」

「食うために、盗みをするようになったか」

「早いところとっつかまえて、心を入れ替えてやろうと思ってるんですがね。こいつのすばしこさときたら、天下一品でして、へへ」

自慢げに言う。

「確かに、そうであるな」

信平は懐に巾着を入れ、改めてその位置を見た。この狩衣に入れた巾着を抜き取るとは、なるほど、大したものだ。

「心を入れ替えると言われるが、いかようにするつもりなのです」

お初が口を挟んできた。話を聞いて、梅吉のことが気になったのだろう。怒れば恐ろしいが、心根は優しいのである。

「五味《ごみ》の旦那に申し上げて、あっしの下で面倒をみようかと」

「ごみ？」

「捨てるゴミじゃなくて、み、の声を下げるんです。五味」

「五味とやらに申せば、許してもらえるのか」

「旦那は町方同心ですから権限はありませんでしょうがね、あのお方は優しい人ですから、事情によっちゃあ、お奉行様に話を通して、なんとかしてくださるんですよ」

「では、町奉行もなかなかの御仁であるのだな」

「北町の石谷《いしがや》様ですよ。あのお方は、町人の安全を守るために、荒くれ浪人たちの仕官や職の斡旋までされているというお方です」

「なるほど、放たれた虎を、檻に入れてしまおうということか」

「へえ、お若いのにうまいことを言われる」

　徳次郎が笑いもせずに感心した。

「浪人でなくとも、武家にも町民を苦しめる者はおろう」

「確かに」

　徳次郎が顎を引いた。

「特にこの深川は、お目付役の目が届きませんからね。さっきの二人のように、梅吉が悪いにしても、ちょっとぶつかっただけで難癖つけて、刀を振り回すようなのがいるんですから」

「困ったものだ」

「ですからね、五味の旦那は、深川の受け持ちになられてから落ち込んでいなさるんで」

大川から東の深川と本所は、この時期まだ江戸市街という認識はない。大身旗本の領地だったり、天領が細かく入り混じっているのだが、富岡八幡宮ができたあたりから、町人地は徐々に奉行所支配になりつつある。

それゆえか、大川より西の町を受け持っていた同心が川向こうに受け持ちを変更されると、旗本が辺鄙な場所と言って世捨て人のように言うのと同じで、いわゆる左遷をされたと思うのだ。

実際、奉行所の与力の中には、働きの悪い同心を叱咤する時に、受け持ちを深川にするなどと脅す者がいるらしい。

五味という同心が左遷されたのかどうかは知らぬが、深川の受け持ちになってからは二日に一度の割合で、大川を渡って来るという。

「では、今度梅吉を見たら、麿が捕まえてやろう」

「え、本当ですかい」

「うん、どのようにしてこの巾着を盗んだのか、訊いてみたいのでな」

「信平様」

お初が厳しい口調で言うと、

「いい」

また、徳次郎が言った。惚れ惚れしたという目で見ている。

五

「この、たわけが！」

あるじに蹴り倒された侍が、庭に額を擦り付けて詫びた。

「いつ気付いたのだ」

「つい先ほどにござります」

「あれが世に出たら、大変な事になるのだぞ」

「申しわけござりませぬ」

「謝っている暇があったら、何処で落としたか思い出せ」

「恐れながら、落としたのではないものかと」

隣で片膝をつく侍が言うと、主が目線を向けた。

「どういうことだ」

「先ほど屋敷に戻る途中で、すりに」

「まことか、加藤《かとう》」

平伏する加藤が、恐る恐る顔を上げた。

「財布はその場で取り戻したので、まさか中身が抜かれていようなどとは思いもせず」

「そのすりをなぜ捕らえぬ」

「それが、斬り捨てようとしたのですが思わぬ邪魔が入り、逃げられてしまいました」

「仲間がいるのか」

「いえ、公家ではないかと」

「なに公家じゃと……どうするのだ、ええ、この始末をどうつける加藤」

「すりの顔をはっきり覚えておりますので、必ず取り戻します」

「佐野《さの》様、それだけでは心配でございます」

「鶴《つる》屋、何が言いたいのだ」

「あれは御禁制の品。抜け荷がばれたら、しまいですぞ」

「そのようなことは分かっておる。加藤」

「はは」

「例の物は捨て置け、すりを見つけ次第殺すのだ、よいな」

「ははあ」


信平は、お初がこしらえたねぎの味噌汁とあじの干物焼きで朝餉を済ませ、富岡八幡宮門前町の関谷道場へ向かっていた。

堀川に架かる橋を渡っていると、川岸に人だかりができていた。

「はて、何かな」

信平は好奇心にかられて、橋の南詰めを右に曲がり、人だかりの後ろに並んだ。

あたりには、何やら香の匂いが漂っている。

人の肩越しに見ると、柳の木の下に、子供たちが輪を作って座っている。上は十歳、下は四、五歳といったところか。

その子らが、何かを取り囲んで泣いているのだ。手には、線香を持っている。

この異様な光景に町の人が集まり、可哀相だとか、仕方がないなどと口々に言い、見守っているのだ。

「どけ、どいてくれ」

「ほら、道をあけろい」

通りの向こうから声がして、町役人が現れた。

その中には、徳次郎の姿もある。

役人が人垣をこじ開けるようにして中に入り、子供たちの首根っこをひっつかんで後ろに下がらせた。

人の背でよく見えぬ信平は、徳次郎の顔を目で追った。中に入り、下を向いた徳次郎が息を呑み、瞬時に悲壮な顔となった。

「すまぬ、通しておくれ」

信平は目の前の男と女のあいだに割って入り、人垣をかき分けて前に出た。

泣きじゃくる子供らの後ろから覗き込むと、見覚えのある子供が、仰向けに倒れていた。白い顔は生気がなく、半開きの眼は空を見つめているが、瞬きをしない。

「梅吉……」

徳次郎が唸るように言うと、すっくと立ち上がり、

「番屋に運べ」

震える声で下っ引きに命じた。

運ぶ仕度をする下っ引きたちの前に出ると、信平に気付いて物悲しげな顔で顎を引

く。すぐに、子供たちに目線を下げた。

幼い子供の頭にそっと手を乗せて、

「お前たち、梅吉とはどういう関係だ」

優しい声で訊く。

「梅吉兄ちゃんは、あたいたちにお金をくれていたんだよ」

五歳ほどの女の子が言うと、

「おいらたちに、御飯を食べさせてくれた」

梅吉と歳が変わらぬほどの男の子が言う。

「そうかい、そうだったのかい」

「どうやら、身寄りのない子供たちの面倒をみていたようだなぁ」

そう言いながら、一人の若い同心が現れた。

「これは、五味の旦那」

徳次郎が腰を低くする。

五味は筵《むしろ》を掛けられている梅吉の側に行くと、死体を検《あらた》めた。

「徳次郎」

「へい」

「この子はおめえの知り合いだったな」

「へい、この子が、梅吉です」

「前に言っていた子か」

「へい」

「背中をばっさりやられてるな。それだけじゃねえ、心の臓にとどめまで刺してやがる」

むごいことしやがってと吐き捨てて、筵を被せた。

「相手は侍だ。浪人か、どこぞの武家か」

五味が信平に視線を止め、

「公家、のわけないか」

珍しいものを見るような顔をした。

今朝の信平は、白地に銀糸で鷹司牡丹の刺繍が施された狩衣を着ている。

「よし、戻るぞ」

引き上げる一行のあとについて、信平も番屋に向かった。

中に入ると、徳次郎が、

「ちょ、ちょっと公家の旦那、へえらねえでくださいよ」

慌てて来たので、信平は訊いた。

「相手が武家ならば、町方は手を退くのか」

「そりゃ、そういう決まりですから」

「下手人探しもせぬのか」

「したくても、できねえんです」

「では、麿に手伝わせてくれぬか」

徳次郎がきょとんとした。

「まだ武家と決まったわけじゃないですよ」

五味が出て来て、先ほどとは違う穏やかな顔で言う。

眉が薄く、姫のように口が小さくて鼻が丸い。頬が丸く張り出したこの顔はどこかで見たことがある。

おかめ。

それである。

男にしておくのは惜しいほど、縁起の良さそうな顔をしているのだ。

「お気持ちはありがたいですがね、ここは本職に任せてもらいましょうか」

のんびりとした口調だが、目は怒っている。

「そうであるな。しかし、気になるのだ」

「ひょっとして、昨日のことですかい」

「うん」

「徳次郎、なんのことだ」

徳次郎が、信平が梅吉を助けた時のことを簡単に説明した。ついでに、すられた巾着のことも言う。

すると五味が、信平が腰に下げる狐丸を見て、次に目を見てきた。

のんびりとした目をしているが、やはり、奥に潜む輝きは厳しい。

「どんな侍だ」

五味に訊かれて、信平は答えた。

「藍染の羽織を着た二人組で、武家の御家来衆といった風体《ふうてい》であったが」

「深川には大名の下屋敷もあるからなぁ」

五味が腰に差した十手の柄に手を乗せて、それだけでは分からぬと、面倒そうに言った。

三人が話しているところへ、番人が腰を低くして来ると、

「五味様、ちょっと見ていただきたい物がありますんで」

恐縮して言う。

「なんだ」

「へい、中へ」

番屋に入る五味と徳次郎。

その後ろについて、信平も入った。

「だから……」

徳次郎が止めると、

「いいぜ、入ってもらえ」

五味が許可した。

梅吉の遺体は戸板に寝かされて、筵を被せてある。このまま引き取り手がなければ、無縁仏に葬られることになるが、葬式は徳次郎が出すと言った。ずっと梅吉のことを気にしていたが、何もできなかったことを悔いているようだ。

「これを、夕べ投げ込んだ者がいたんですが」

番人が手拭いに包んだ物を持って来ると、五味に開いて見せた。

小指の先ほどの、紅い石のような物が一粒出てきた。

「なんだ、これは」

五味が手に取り、不思議そうな顔で眺めている。

「石のようだが、めのうでもないな」

投げ込んだ奴を見たかと訊かれて、番人が言った。

「後ろ姿しか見ちゃいねえですがね、今思えば、この梅吉だったような気がします」

「他にはないのか」

「へえ、この手拭いに包まれていただけで」

五味はその手拭いを取り、物言わぬ梅吉の遺体を見下ろした。

「いってえ、何が言いたかったんだ」

「梅吉は、その紅い粒が何であるのか知っていたようであるな」

信平が言うと、五味がまた粒を眺めている。

「徳次郎」

「へい」

「梅吉の親は何をして食ってたんだ」

「簪《かんざし》職人です。腕がよくって、大奥献上の品も作っておりやした」

「ほう、それは凄いな」

「はやり病になんぞかからなければ、もっといい仕事をしていたんでしょうがね」

「その父親が使っていた物だから、梅吉はこいつを知っていたのか」

「簪に使う、珊瑚《さんご》ですかねぇ」

「珊瑚のようには見えねぇな」

「確かに……あ、そうだ。かかあなら、知ってるかもしれやせんぜ」

「おおそうだ。おまちなら分かるかもな」

「ちょいと行って、見せてきやす」

徳次郎が手拭いを受け取って、番屋から走り出た。

徳次郎の女房おまちは、吉原にある遊女屋の娘だが、今はこの深川門前町で富屋という旅籠を営んでいる。

富岡八幡宮の参拝客で繁盛しているらしく、徳次郎が下っ引きの面倒を見られるのも、おまちが金の心配をさせないからだ。

吉原で生まれ育ったおまちなら、紅い粒の正体が分かると思ったのである。

「お公家さん、まあ、奥にお入りなさい」

五味に誘われて、信平は奥の座敷に腰掛けた。

「それがし五味正三《しょうぞう》と申す。ごらんのとおり御上から十手を預かる者だが、その、おぬしの名を教えてくれぬか」

信平は、他の者に聞こえぬように、小さな声で言った。

「申し遅れました。富川町に暮らす、鷹司松平信平《たかつかさまつだいらのぶひら》と申します」

相手が武士なので、信平は正式に許された姓名を名乗った。すると五味は、飛び上がるようにして立ち上がった。

「貴方様は、いったいどのようなご身分のお方で？」

「あ、これは失礼」

「しぃ。声が大きい」

信平は周りに人がいないのを確かめて、口を開いた。

「五十石の旗本だ」

「まさかぁ」

「嘘ではないぞ」

「それがどうして、お公家の格好をしているのです」

「まあ、いろいろと」

「いろいろ、とは？」

「ふむ」

嘘もつき通せぬと思い、信平は正直に言った。三年前に京から江戸に下ったこと。

先日江戸城で起きた婚礼のことなども話して聞かせた。

「と申しても、わが妻を一度も見たことがないのだが」

「ははあ」

言い終えた頃には、五味は土間に降りて平伏していた。

「そのようなお方と知らぬとは申せ、これまでのご無礼の段、平《ひら》にお許しください」

「よせ、麿は五十石の旗本。なんの権力も持ってはおらぬのだ」

「しかし、本理院様弟君に違いはなく、そのようなお方が、この不浄役人と接するなどありえぬこと」

「だから、ただの旗本にござるゆえ、その手を上げてください」

「はは、では」

命令にでも応じるように面を上げる姿を見て、本当のことを言うんじゃなかったと、信平は後悔した。

「一つ、頼みがあります」

「はは、なんなりと」

「このことは、誰にも言わないでいただきたい」

「はあ？」

「五十石の旗本として扱っていただきたい。いいですね」

「はあ」

そこへ、徳次郎が戻って来た。

五味が真っ青な顔をして信平の前に突っ立っているのを見て、

「旦那、どうしたんです」

不思議そうな顔で言う。

「いや、なんでもない。それよりどうだった」

「分かりましたよ、梅吉のやつ、とんでもねえお手柄かもしれやせんぜ」

「と言うと」

徳次郎が手拭いを開いて、例の紅い粒を出して見せた。

「こいつは、るべうす（ルビー）、というとんでもねえお宝だそうで」

「るべうす？」

「南蛮渡来の石で、キリシタンの十字架の飾りに使われていたとか。他にも、大奥御献上の特別な簪にも使われることがあるそうで、これだけでも五十両はするそうです」

五味が目を丸くして息を呑む。

「さすがはおまち。善人も悪人も心を許す吉原で育っただけのことはある」

「恐れ入ります」

「しかし、そのような物を持ち歩くとなると、これは、抜け荷、ということか」

「下手人は、これを取り戻そうとして梅吉を襲ったんじゃ」

「あるいは、口封じに殺したか」

信平が言うと、二人が顔を見合わせた。

「梅吉が物言わねば、いくらでも白《しら》を切れる」

「なるほど」

五味が感心するのを見て、徳次郎が、

「旦那」

と、心細げに言う。

「それじゃ、梅吉のやつが浮ばれませんや」

「松……いや、信平殿、昨日のことを、聞かせてくれぬか」

五味は、もっと詳しく聞かせてくれと言う。

「徳次郎親分が申したとおりですよ。麿は助けただけですから、どこのご家来衆かまでは分からぬ……」

「うん？　どうした」

「刀だ」

「刀？」

「止めた時に、相手の刀が刃こぼれをしていた」

「だとしたら、直しに出しているな。どのあたりに刃こぼれがあった」

信平は狐丸を抜いた。

「おお……」

と声をあげる二人の前に刀身を出し、

「このあたりだったと」

白刃の中心を指で指し示す。

「おう、徳次郎、研ぎ師と刀剣商を探れ」

「がってんだ」

下っ引きを連れて、徳次郎が飛び出していく。

六

五日が過ぎた――

「殿、昨日は何処に参られていたのです」

朝餉の膳を前に、善衛門が訊いてきた。

「道場だが、それが何か」

「ええ、殿が行かれたはずの道場から、文が届きましたものですから」

信平は味噌汁を吹き出しそうになるのを堪えて、

「さようか」

つとめて静かに言った。

善衛門は、片方の眉を上げて目を伏せ、正直に申すなら今のうちだと言わんばかりの顔をして、箸で魚の干物をつついている。

下座にいるお初は、上目遣いに二人を見くらべて様子を窺いつつ、御飯を口に運んでいる。

どんよりと気まずい静けさが、膳の間に漂った。

「その文にはなんと書かれていたのじゃ」

「近頃とんと顔を見せぬが具合でも悪いのかと、関谷天甲殿が心配しております」

「さようか」

「殿」

「うん？」

「道場へ行くと申されておきながら、いったい何をされているのです。嘘をつかねばできぬようなことをなされているのですか」

「知っておろうに」

「今なんとおおせです」

「いや、独り言じゃ」

信平はお初を見た。ずっと監視しているのに話していないのだろうか。

お初はちらりと目を合わせるとまた下を向き、黙々と御飯を食べている。自分で言えという顔つきだ。

「殿、あなた様は今や徳川の縁者になられたのですから、天下万民の模範にならぬようなことをされてはなりませぬぞ」

「分かっておる、なればこそじゃ」

「と、申されますと？」

「今、抜け荷に関わる事件を調べている」

「なんと！」

善衛門の表情が明るくなったが、すぐに険しい顔をする。

「殿、世のために働くのは良いことです。されど、危ないことはしてはなりませぬぞ」

「調べると申しても、動いているのは役人や岡っ引きたちであるし、麿は話を聞いているだけだ。心配はいらぬ」

「さようで」

善衛門がお茶を飲んで旨いと言った。隠さず正直に教えたので、気が晴れたのだろう。

「ごめんなすって！」

玄関で訪《おとな》う声がしたので、お初が返事をして立ち上がった。

「信平様、徳次郎親分がお連れの方とおみえです」

「ああ、五味殿だな。ちょうど良かった。善衛門も話を聞くが良い」

信平は、二人を自分の部屋に上げた。

お初が膳を下げるのを見て、

「これはすまぬ、飯時であられたか」

五味が言う。

徳次郎がお初の背中を見送って、五味を見てにんまりとした。

善衛門に睨まれていることに気付き、首を引っ込める。

「今朝は、どうしたのです」

「うん……」

五味が深刻な顔で頷いた。

「……やはり、相手が悪うござった」

「と、言うと」

「徳次郎、ご説明申し上げろ」

「へい」

岡っ引きらしく厳しい顔付きとなった徳次郎が言うには、あれから研ぎ師を調べたところ、一人の侍が網にかかった。

佐野綱久《さのつなひさ》の家臣、名は加藤というそうだ。

佐野家は、富岡八幡宮の創建と同時に、幕府からこの深川に屋敷替えを命じられた五百石の旗本だ。

当主長久《ながひさ》は立派な人物であり、富岡八幡宮を守ることに生涯を賭《と》したが、息子綱久はそんな父を嫌い、この辺鄙な深川から抜け出すために、幕閣に賄賂を贈っているという噂がある。更《さら》に探りを入れたところ、大湊町で廻船問屋を営む鶴屋が屋敷に出入りしていることが判明した。

「その鶴屋はな、良い噂がないのだ。抜け荷の疑いがあり、南町奉行所の連中が密かに調べているそうだ」

五味が手拭いから紅い粒を出した。

「このるべうすを南町に提供して、ゆさぶりをかけてもらうつもりだ。鶴屋は町方《まちかた》で片がつくだろうが……」

「梅吉を殺《や》ったのが佐野家の家臣なら、どうしようもできねえ」

徳次郎は、次第に機嫌が悪くなってきた。相手が旗本と分かった以上、手出しができないからだ。

「佐野家が関与していることは、間違いないのだな」

信平が重ねて訊くと、徳次郎が目を見て頷いた。

「公家の旦那とやりあった侍が、佐野の屋敷に入るのをこの目で見ております」

「しかし、妙だな」

話を聞いていた善衛門が言い、腕組みをした。

「大湊町の廻船問屋がなぜ、深川でくすぶる無役の旗本に出入りするのだ」

「それが、無役ではねえんで」

「うむ？　何か、公儀の役目があるのか」

へい、と、徳次郎が頷いた。

「小名木川の川舟改役《あらためやく》をしております。その小名木川沿いに、鶴屋の別荘があるんで」

「そこが、怪しいか」

信平が言った。

「へい、抜け荷の品を、そこに隠しているんじゃねえかと」

「なるほど、積荷のお調べをする役目の者が仲間となれば、鶴屋の舟は自由に出入りできるということですかな」

善衛門が信平に言い、五味に視線を向けて言葉を続けた。

「そこまで分かっているなら、お目付も動くであろう。奉行所からは、既に伝えてあるのであろうな」

「いえ、まだ」

「なぜじゃ」

「殺されたのがすり、佐野家がるべうすの密輸に関与している証拠もないとなれば、どうにもなりませぬ」

自分の推理を否定された気がしたのだろう。善衛門が唇をわなわなと動かし、押し黙った。

「信平殿、何か、良い知恵はござらぬか」

五味が、すがるような目を向けた。

知恵を求めるというより、なんとかしてくれと頼んでいるのだ。

「もう一度、るべうすとやらを見せてくれ」

手拭いごと渡された紅い粒を眺めた信平は、丁寧に包んで、五味に返した。そしてきっぱりと言った。

「どうにかしてやりたいが……麿には権限がないので何もできぬ」

五味は、黙って頷いた。徳次郎は、とんだ無駄足だとあからさまにため息を吐き、顔をそむけた。

まるで潮が引くように人がいなくなった自分の部屋で、信平は一人横になり、青空に浮かぶ雲を眺めた。

空に向けられていた梅吉の悲しげな目を思い出し、亡骸《なきがら》の側で泣いていた子供たちの声が耳に響いてくる。

そして、梅吉を斬り、口を封じた気になっている奴ら。今頃は笑っているのだろうと想像すると、腹の底から怒りがこみ上げてくる。

信平は、明るい空に向けて手を伸ばした。指先で、るべうすが紅く輝いている。

五味が気付いて戻らぬうちに出かけようと起き上がり、狐丸に手を伸ばした。

「お出かけですか」

まるで待っていたかのように、襖の向こうで、お初が声をかけてきた。

「うむ、出かける」

返事はない。そして、気配も消えていた。


「加藤、おい待て、加藤」

「うるさい、おれについてくるな」

「ち、なんだ、酔っ払いめ」

深川の小料理屋から出た加藤某《なにがし》は、共に呑んでいた同僚の侍と別れて、佐野の屋敷がある清住町《きよすみちょう》に向けて歩みだす。

時刻はまだ六つ（午後六時）だというのに、通りを歩く人はいない。

夕陽に染まる大川を左に見つつ、川風に当たって酔いを醒ましながら歩いている加藤は、前から来た者に身体をぶつけてしまい、よろめいた。

酔った自分がぶつかっておいて、

「おい、気をつけろ」

これである。

睨みをきかせて吐き捨てると、舌打ちをくれて、また歩きだした。

「待ちなさい」

背後から呼び止められ、足を止めて振り向く。

「なんじゃ」

「これを、落とされたぞ」

「うむ？」

加藤が目をこらす。

自分の財布であることに気付き、

「よこせ」

と、偉そうに手を伸ばした。

手に触れる寸前で、中身がばら撒かれて目を瞠《みは》る。

「な、何をするか！」

「すまぬ、手が滑ったのだ。拾ってしんぜよう」

足元にしゃがむと、

「おや？」

と、銭の中で紅く光る物を拾い、

「これは、なんでござるか」

拾い上げられた物を見て、加藤が仰天した。

赤い粒を指に摘んで見せているのは、信平である。

加藤は一気に酔いが醒めたのか、見覚えのある狩衣姿にようやく気付いたらしく、

「あっ」

と、声をあげた。

信平がずいと前に出て、薄笑いを浮かべて見せる。

「し、知らぬ、そんな物」

「確かに、おぬしの財布から出た物だ。これは、るべうすであろう」

「知らぬ」

「知らぬとは言わせぬ。幕府御禁制の品を持ち歩くとは何事か」

「知らん、それが我が手にあるはずはないのだ」

「あるはずがない……か」

　失言に気付き、加藤がはっとなった。

「貴様、梅吉を斬ったな」

「…………」

「幼い命を奪いよって、この場で麿が成敗してくれる。覚悟いたせ」

　信平が鋭い目で責めると、加藤が、

「うっ」

　と息を呑み、掌を見せて後退った。

「ま、待て、待ってくれ」

「黙れ、麿は貴様を許さぬと決めたのだ」

　狐丸に手をかけて、またずいと前に出る。

「それがしは、頼まれただけだ。るべうすにしても、それがしの物ではない」

「申し開きは、あの世に行って梅吉の前でいたせ」

「く、おのれ！」

加藤がすすっと身を退き、刀を抜いて正眼に構えた。

信平は狐丸を抜き、両手を下げる。その全身からみなぎる気は凄《すさ》まじく、加藤を怯《ひる》ませるに十分であった。

それでも、追い込まれた加藤は前に出る。

正眼から上段に振り上げ、

「てえい！」

真上から斬り下げる。

信平はひらりとかわし、狩衣の袖が風を切る。

刀を斬り下げた加藤が、二歩三歩と歩を進めたところで止まり、右肩から地面に倒れた。

静かに狐丸を納めた信平は、鋭い形相で加藤を見下げると、その場から立ち去った。

七

「鶴屋、次の荷はいつ入る」

「明日には、搬入できましょうかと」

「では、また大儲けができるのう」

「はい、これも、佐野様のおかげでございます。これは、今月の分にございます」

差し出された桐箱は、饅頭が詰めてある。

蓋を開けた佐野は、慣れた手つきで上の段を持ち上げた。底には眩《まばゆ》いばかりの小判が敷き詰めてあり、ざっと見ても、五百両はある。

満足げに頷いた佐野が、

「それにしても、この小さな石ころが一つ五十両に化けるのだから、抜け荷はやめられぬのう」

佐野が粒を摘み、蠟燭《ろうそく》の灯りに当てて見た。磨き上げられた玉は、血のように紅い。

「るべうすのお陰で、お互いに好きなことができますな。佐野様は御出世、わたくしは、ふふ、ふふふ」

「どうせ、おなごにつぎ込んでおるのだろう鶴屋、おぬしも好きよのう」

「恐れ入ります」

欲にかられた者どもがぐへぐへと笑い、黒い息を吐く。

「殿、お知らせしたきことが」

障子の外から声をかけられ、佐野綱久は口に運びかけた盃の手を止めた。

開け放たれた障子の先には、灯籠の灯りに庭が照らされているだけで、家来の姿はない。

「入れ」

不機嫌きわまりなく言うと、藍染の羽織を着た家来が、廊下の正面に座り直し、頭を下げた。

中腰のまま進み出ると、綱久の耳元で囁く。

「なに……」

目を丸くした綱久に、

「佐野様、いかがされたのです」

酒肴を共にしていた鶴屋が、不安げな顔を向けた。

「加藤が何者かに斬られた」

「ええ！」

「誰にやられたのだ」

「分かりませぬ。町方からの知らせでは、目撃者がおらぬと」

「まさか、例のすりの仲間に仕返しをされたのでは」

「黙れ鶴屋」

「ははあ」

「すりの小僧を一人殺したことがなんだと申すのだ。それに、加藤を斬るほどの仲間がいるとは聞いておらぬ」

「町方が引取りを願っておりますが、いかがいたしますか」

「加藤と申す家来など、わしは知らぬ」

「殿……」

「知らぬと申しておる」

「では、そのように伝えまする」

「鶴屋、例の荷物の搬入を急げ。こたびのことが終われば、しばらく取引は中止じゃ、良いな」

「では、直ぐ立ち戻って、荷の用意をいたしましょう。川のお調べのほう、よろしくお願いいたします」

「うむ、急げよ」

鶴屋と家来が立ち上がろうとした時、畳の上にころりと何かが飛んで来た。

狸面の鶴屋がそれを見て、ぎょっとした。

「これは……」

紅い粒を拾い上げる。

その場にいた三人が、るべうすが飛んで来た庭を見た。

足音もなく、白い人影が庭に現れたので、三人が目を瞠る。

「な、何奴だ」

「おのれは」

家来が血相を変えて、廊下に出た。

「ほう、麿のことを憶えておったか」

鷹司牡丹の銀刺繍が施された白い狩衣を着た信平が、ゆっくりと、音もなく歩み寄る。

「公家だと？」

佐野が言い、前に出て来る。

「公家とは申せ、人の屋敷に勝手に入るとは無礼であろう」

信平は、家来の前に出てきた佐野を見上げた。

「己の欲のために世を乱し、幼い命を奪う者に、礼儀などいらぬ」

「ふん、なんのことだ」

「加藤が、全て話したぞ」

「加藤などと申す者は知らん」

「ほう、では、この場でもう一度、本人に聞いてみるか」

「なんじゃと」

「それ、歩け！」

背後で声がして、お縄をかけられた加藤が庭に連れて来られた。

「貴様は！」

徳次郎が、家来を見て不敵な笑みを浮かべる。加藤が斬られたと嘘の知らせを届けたのは徳次郎だ。

「おい、加藤、おめえさん良い殿様を持ったなぁ。自分が助かるためには、家来なんざ平気で切り捨てやがるぜ。ま、おめえも殿様を売ったんだからあいこか」

「くッ」

猿ぐつわをかまされた加藤が、悔しげにうつむく。

「佐野とやら、あきらめることだ」

「無礼な、何者だ貴様」

「松平、信平」

「松平だと」

目を細めていぶかしみながら、佐野が一歩前に出た。鋭くも神々しい信平の目が、灯籠の灯りにぎらりと揺らめく。

「そんな、まさか」

恐怖におののき、よろけるように後退りする。佐野は、鷹司牡丹の家紋に気付いたのだ。

「どうやら、麿のことを知っているようだな」

「佐野様……」

「殿、こやつは何者です」

「し、知らん、わしは知らんぞ！」

佐野がかぶりを振る。

「き、斬れ、斬れ！」

言われてすぐ、家来が刀を抜いた。

「この場を離れろ、徳次郎親分、大事な証人を守るのだ」

「がってんだ」

徳次郎が加藤を引きずるようにして、庭から逃げた。

「佐野綱久、麿を斬るのはよいが、この場のこと、全て上様のお耳に入ると心得よ」

「何を馬鹿な」

「嘘ではない、麿は、常に監視されているのじゃ」

その時、空を切り、闇から小柄が飛んで来た。

足元に突き刺さる小柄を見下ろし、佐野だけでなく、鶴屋が腰を抜かす。

「ここ、これは！」

放たれた小柄には、金色に輝く葵のご紋が入っていたのだ。

信平の背後で黒い影が動き、庭の暗闇に、不気味にうずくまっている。

「どうする、佐野綱久。降参するか、それとも麿を斬るか」

佐野は畳に両手をつき、目を充血させて唸った。

「もはやこれまで。こうなったらもろともよ。ええい、であえ、曲者じゃであえい！」

廊下に足音が響き、家来がどっと出てきた。

「お！」

「曲者！」

などと言い、佐野を守るように立ちはだかる。

「斬れ、斬りすてい！」

号令と共に、みなが一斉に刀を抜いた。

ざっと二十人。それでも、信平は顔色一つ変えなかった。ゆっくり狐丸を抜き、両手を大きく横に広げる。

灯籠の灯りに狐丸の地金がぎらりと輝き、刃紋《はもん》が白さを増す。

「とう！」

「てや！」

「えぇい！」

良く訓練された三人が、ほぼ同時にかかってきた。

各々が技を繰り出し、必殺の攻撃をする。

だが、全ての切先が空を斬る。

「ぐわ」

左の敵が喉の奥から声を吐き、ぱたりと伏し倒れた。

素早く左に飛んだ信平が、体を転じながら繰り出した狐丸が、敵の胴を斬り裂いていたのだ。

「おのれ！」

休む間もなく次の敵が襲って来る。

入れ代わり立ち代り斬りかかってくる敵の中で狐丸が乱舞し、庭の中心に白い花が咲く。

激しい気合の声がし、あるいは悲鳴がする。

聞こえるのは人の声だけで、刀と刀がかちあう音がしない。

恐るべきは、信平が遣う秘剣だ。

短いあいだに、斬りかかってきた敵二十人全てを斬り伏せていた。

暗闇に潜むお初は自分の出る幕もなく、信平の凄まじき姿に瞠目している。

ゆるりと息を吐き、狐丸を静かに下げる信平の姿は、怪鳥が羽を閉じるように見えた。

その凄まじき剣を目《ま》の当たりにした鶴屋が顔を引きつらせ、腰を抜かして襖に背をつけ、なおも足をばたつかせている。

「ばけものめ」

残った家来が、刀を正眼に構えて右足を出し、腰を低くした。

「おい、公家、貴様の流派はなんだ」

信平は答えずに、涼しい目で家来を見据える。

目の奥でめらめらと燃える怒りの炎を感じたか、家来が顔を引きつらせた。

「てゃぁ！」

上段から斬り下すと見せかけて、足を払いに来た。信平が後ろへ飛んでかわすが、身体をぶつける勢いで突っ込みを入れて来た。

「死ね！」

鋭く突き、横にかわす信平を追って白刃が一閃する。

敵が横に刀を振った、その一瞬の隙を、信平は見逃さない。

狩衣の白い袖がはらりと舞った時、家来がびくりと背を反らせた。

「ぐわ」

刀を落とし、仰向けに倒れた地面に、どす黒い血が滲む。

息絶えた家来の顔を見下げ、

「秘剣、鳳凰《ほうおう》の舞」

そう教えると、佐野に視線を上げ、血がしたたる狐丸の切先を向けた。

「お、おのれ！」

刀を抜いた佐野が、上段から斬り下げた。

「ぐ、うぅ」

互いがすれ違い、胴を斬られた佐野がうずくまるように倒れた。

信平が、ただ一人残った鶴屋に鋭い視線を向けると、

「ひ、ひぃぃ」

それだけで白目をむき、気絶した。

八

「善衛門」

「はは」

「まことに信平は、一人で二十二名もの相手を倒したのか」

「今、申し上げたとおりにござりまする」

「余も見たかったのう」

「ははあ」

「上様、感心している場合ではござらぬかと」

「なぜじゃ、伊豆」

「佐野綱久は上様直臣。無役の信平殿が勝手に裁くことなどあってはならぬこと。こ

れは上様に対する逆心でございますぞ」

老中松平伊豆守信綱が言うと、老中阿部豊後守忠秋が、

「まあまあ」

と言って宥めた。

「佐野は抜け荷に加担したのだ、これこそが、上様に対する反逆ではござらぬか」

「しかしだな」

「信平殿のお陰で、幕府内に燻《くすぶ》る謀反の火種が消えたのだ。そう思わぬか」

「町にはびこる悪が消えましたのじゃ」

口を挟んだ善衛門が二人に睨まれ、

「ははあ」

と、大仰な声を出して頭を下げた。

ふふ、と子供らしく笑った将軍家綱が、二人の老中に見られて真顔となる。

「伊豆」

「はっ」

「こたびのことは、この善衛門が申すように、江戸の悪が消えたと思え。直臣であろうが、大名であろうが、悪は悪。それを成敗した信平は、あっぱれであるぞ」

「はは、上様がそう申されるならば、異論はございませぬ」

「うん。善衛門」

「はは」

「これからも大いに励めと、信平に伝えよ」

「ええ？」

「不服か」

「いえ、めっそうもござりませぬ」

「では、次なる良い知らせを待っておるぞ」

「ははあ」

平伏した善衛門は、これで信平のご加増も早まると思い、にんまりとした。

第三話　約束

一

りつけ、どこからか蟬の声が聞こえてくる。

の声に続いて、善衛門の笑い声がした。

に

やおら立ち上がった信平は、狐丸を腰に下げた。

「お出かけですかな」

「今日は道場に行く日だ」

「おお、さようでした。先日天甲《てんこう》殿に道でばったり出会いましてな、稽古のお陰で殿が手柄を上げられましたと礼を言うたら、たいそう喜んでおられましたぞ。うん、励みなされ、励みなされ」

満足したように言い、朝顔に目線を戻す。

秘剣、鳳凰の舞を知っているお初が、信平に意味ありげな目を向けてくすりと笑う。

人斬り与左衛門を倒し、二十二人もの敵を相手にして怪我一つ負わぬ信平のことを、善衛門はどう思っているのだろうか。関谷道場で三年学んだだけでは到底できぬことであるのは分かっているはずだが、何も訊こうとはしない。

一人で屋敷から出かけた信平は、道場に向かった。

富岡八幡宮の別当寺として人々に親しまれる永代寺の瓦屋根が、夏の陽を浴びて輝いている。

通い慣れた道を歩み、道場の門を潜ると、掃き清められた石畳を踏んで稽古場に向かう。

まだ稽古が始まっていないので、屋敷内は静かであった。単衣《ひとえ》と袴を穿いた門人たちの中に狩衣姿でいると目立つのだが、もはや珍しそうに見る者はいない。

互いが軽く挨拶を交わし、親しい者とはたあいもない会話をするが、長話をするでもなく稽古場に向かう。

「信平、待ってくれ」

声をかけられて振り向くと、同門の矢島大輝《やじまだいき》が、白い歯を見せて駆けて来た。

旗本の次男坊で性格も明るい矢島とは、近ごろ親しくしている。

二百名を超す門人が通う関谷道場だ。まだ名も知らぬ者がいるが、この男とは妙に気が合い、互いの名を呼び捨てにする仲であった。

「矢島、酒臭いぞ」

今日も朝帰りかと訊くと、

「いやぁ、夕べは家でおとなしゅうしていたが、少々悪い酒を呑み過ぎた」

「悪い酒？」

「やけ酒だ」

苦笑いを浮かべて言う。

「兄上に叱られたか」

いる。
一刀流の腕はかなりのものだが、夜遊びが好きな男で、厳格な兄にいつも叱られて
矢島は照れたように言った。
「まあ、それもある」

父親を早くに亡くし、二百石の旗本矢島家を背負ってきた兄の基休《もとやす》にしてみれば、弟の夜遊びは腹に据えかねるのであろう。

二日酔いでも休まず稽古に来るところなどは、この男も真面目なのだと思うが、

「兄上から逃げて来た」

と、笑う。

肩を並べて道場に向かっていると、後ろから走って来る者がいた。

「矢島さん、信平さん」

声をかけて来たのは、増岡弥三郎だ。三年前、真島一之丞の一件で助けて以来仲良くしている。

信平と同じ十八歳になった弥三郎は、あの時受けた傷が癒えてからというもの、人が変わったように厳しい稽古を重ね、剣術の腕をぐんぐん上げている。背は相変わらず小さいが、全身に鋼のような筋肉をまとい、見違えるほど精悍な顔つきをしている

のだ。

剣術の上達と共に精神も鍛えられ、人前でおどおどすることもなく、性格も明るくなった気がする。

弥三郎の人格を変えたのはこの矢島だと、信平は最近思うようになっていた。

「お二人で、なんの相談ですか」

「相談とは？」

「とぼけちゃって矢島さん、夜遊びの相談じゃないんですか」

行くなら付き合いますよと言う弥三郎は、今でも実家の立木屋から小遣いが送られて来るので、懐があたたかい。

その弥三郎が、矢島と二人で朝帰りをするのは珍しいことではないのだ。

「違うんですか」

「ああ、大違いだ。それにおれは、当分夜の町へは出られぬ」

「はあ？」

「兄上に、禁止されたらしい」

信平が言うと、

「あれま」

弥三郎が立ち止まった。

信平と矢島がどうしたのかと立ち止まると、

「残念だなあ、せっかく良い話を持って来たんだがなあ」

誘うような目を向けて言う。

訊けば、永代寺裏の川向こうに、良い料亭を見つけたらしい。

「ここの女将《おかみ》さんが色っぽい人だって噂でね」

弥三郎が言うと、

「行こう、今夜だ」

矢島がすぐに食いついた。

弥三郎の肩をがっちり抱きかかえ、

「芸者を呼べるのかその店は」

「金次第《これ》さ」

などと言って、相談を始めている。

ついていけずに信平が立ち止まると、

「やれやれ、あいつらにも困ったものだ」

そう言いながら、大きな男が腕組みをしたまま歩み寄り、仕方がない奴らだと笑った。

　この豪快な男は、西尾広隆《にしおひろたか》という。御家人の息子だが、道場の番付は、常に二十番以内にいるつわものだ。

　信平はこの男とは顔見知り程度だが、矢島と仲が良い西尾は、信平にも親しみをもって接してくる。

　禄が少ない家の生活を助けるために、稽古が終わればどこぞで働いているというが、何をしているかは知らない。

　普段は温厚な男だが、稽古が始まるや、その人格が一変する。

　師、天甲に、

「十年に一度の逸材」

　と言わせるほど、激しい剣を遣うのだ。

　二刻（四時間）たっぷり汗を流したあとで、四人は井戸端で汗を拭いた。

　弥三郎と矢島は、まだ陽が高いというのにそわそわしている。どうやら、陽が暮れる前に料亭に入り、遅くならぬうちに家に帰ろうとしているのだ。

「そこまでして遊びたいかね」

　西尾が呆れて言った。

「おぬしも一度来てみろ、面白いぞ」

「そうそう、特にお清姐《きよ》さんときたら、見ているだけでうっとりするんですから」

弥三郎が言うと、矢島があいつに色目を使うなと言い、弥三郎が首を引っ込めた。

「誰だ、そのお清と申すのは」

「お、西尾が食いついたぞ、珍しいことがあるものだな」

矢島が嬉しそうに言う。

「はぐらかさずに教えろ」

「ただの芸者ですよ、芸者」

弥三郎が言った。

「芸者か、どんな女か、興味があるな」

西尾が真面目な顔をして言うので、矢島と弥三郎が顔を見合わせ、にんまりとした。

「よし、おぬしも連れて行くぞ」

矢島ががっちり肩を抱き、今日は絶対に離さぬからなと念を押した。

「信平さんもどうです、まだこんな時刻だし、昼飯を食べると思えば、ね」

弥三郎が誘うと、矢島が空いた手で信平の肩を掴み、

「たまには付き合え」

「はあ……」

「良いな、信平」

強く引っ張られた。

断りきれずに、四人連れ立って町へ出た。料亭、というものを知らぬ信平は、好奇心に負けたのだ。

二

「そう申されましてもお武家様、一見《いちげん》様をお通ししないのが、手前どもの決まりでございますから」

「おのれ、我らを愚弄《ぐろう》するか！」

信平たち四人が料亭朝見《あさみ》に入ろうとした時、客と店の者が揉めていた。

「あれれ？」

弥三郎が、表の看板を確認している。

「なんだ、ここは一見さんお断りだったのか」

「なんのことじゃ」

信平が訊くと、

「店の常連客か誰かの紹介がないと、初めての客は入れてくれないんですよ」

弥三郎が残念そうに言う。

こういう店は厄介だぜと矢島が言い、

「どうせ、大名か大店の主《あるじ》しか相手にしないのだ」

ふて腐れている。

別の店に行こうと言うので、信平たちは背を返した。

「お武家様！　何をなさいます！」

店の者が大声をあげた。

「助けて、誰か！」

「おい……」

矢島が顔色を変えて、店に戻った。

西尾と弥三郎が続き、信平が最後に行く。

浪人風の三人組が刀を抜き、店の女中が腰を抜かして震えていた。

「おれたちに恥をかかせおって、ただで済むと思うな！」

「ひいい！」

「おい、やめろ！」

矢島が怒鳴ると、今にも斬ろうとしていた浪人が振り上げた刀を止め、後ろに振り向いた。

「なんだ」

静かな口調で言う浪人の目は鋭い。これまで何人も斬ったことがあるという顔つきをしている。

他の二名も、おっつかっつな顔つきをして、凄まじい殺気を発している。

常人ならこの迫力に腰が引けるだろうが、信平はともかくとして、関谷道場で修業する若者だ。矢島と弥三郎がずいと前に出て、対峙《たいじ》した。

「か弱い女を相手になんだかんだ難癖を付けて、恥を知れ」

「貴様ら、どうせ金が目的だろう」

矢島に続き、弥三郎が言った。

「ふん……」

矢島と対峙する浪人が、不気味な笑みを浮かべた。

「……小僧、おれたちとやり合うと申すか」

「小僧とは無礼な」

矢島が刀の柄に手をかける。

右手に刀を下げていた浪人が、いきなり、逆袈裟懸に斬り上げた。

辛うじてかわした矢島が、

「おのれ！」

気を吐き、素早く刀を抜いて正眼に構えた。

弥三郎も抜き、その場が一気に緊迫する。

友を助けるために信平が前に出ようとすると、西尾の大きな背中が前を遮った。と思うや、矢島と弥三郎のあいだに割って入り、前に突き進む。

その西尾に切先を向けた浪人が、素早く刀を振り上げ、斬り下ろした。

「お、ぐぇ……」

一瞬の出来事だった。腰を落とした西尾が、持っていた木太刀で浪人の腹を突き、慌てて斬りかかる別の浪人の刀を払い上げ、手から弾き飛ばした。

「まだやるか！」

大音声《だいおんじょう》で一喝するや、残る一人は目を見開き、腰が引けた。

「くそ、退け！」

刀を弾き飛ばされた浪人が言い、三人はその場から逃げる。

弾かれた刀を拾った矢島が叫び、放り投げた。

「おい、忘れ物だ」

浪人が、土で汚された刀を拾うと、憎しみを込めた目で矢島を睨み、唇を噛みしめて逃げ去った。

「くっ」

「ははぁ、さすが、番付上位の西尾さんだ。お見事！」

と、弥三郎が持ち上げる。

「手出しせずとも、あんな奴らなど、おれ一人で叩きのめしたものを」

矢島が強がりを言いながらも、爽やかな顔で笑った。

「さ、行こうか」

四人が何事もなかったように帰ろうとすると、

「あの、お待ちを」

女中が呼び止めて、

「女将さん、女将さぁん」

叫びながら、中に入って行った。

女中と共に出て来た若い女が、明るい顔でひざまずく。

「どちら様か存じませぬが、危ういところをお助けいただき、ありがとうございます」

白地に銀の松皮菱《まつかわびし》が鮮やかな着物姿の女は、この朝見の女将だと言う。色が白く、きりりとした目元が魅力の女将に見つめられて、弥三郎も矢島も鼻の下を伸ばしている。

「ちょ、丁度《ちょうど》、この前を通っていた時に大きな声がしたものだから、寄ってみたのだ。何事もなく済んで良かった」

矢島が言うと、女将が涼しげな笑顔で応じて、

「どうぞ、お上がりになってくださいましな。お礼に、お酒でもいかがですか」

「おお、やった……」

弥三郎が大喜びして、慌てて口を塞いだ。

「うふふ」

女将がころころと笑い、

「さ、どうぞ」

科《しな》を作って中へ誘う。

「では、少しだけ」

矢島が、いかにも自分が助けたのだと胸を張って、にやけそうになる顔を引きつらせて中に入る。

弥三郎は嬉しさを丸出しにして歩み、西尾は硬い表情を崩さぬまま中に入った。

最後に信平が入ると、女将が目をぱちくりさせて見送る。

「まあ、美しいお人」

女中にそう言ったが、信平の耳には届いていない。

膳を二つ並べた豪華な料理と酒を振舞われた。

調子に乗った矢島と弥三郎は、馴染《なじ》みの芸者を呼び寄せて、大いに盛り上がっている。

西尾は芸者と矢島たちを見ながら笑みを浮かべて酒を呑んでいるが、落ち着いた態度を崩さない。

これぞ武士、と、信平は感心して見ていた。

「お公家様、お一つどうぞ」

芸者に勧められて、盃の酒を呑む。

「はい、お次」

「いや……もうたくさん呑んだぞ」

「そうおっしゃらずに」

　立て続けに勧められ、信平は次第に気分が良くなってきた。

　酒の追加を持って現れた女将が、

「まゆみと申します。今宵はたっぷりとお楽しみくださいませ」

　改めて挨拶をし、お酌をして回った。

「お公家様、お口に合いませんか」

「うん？」

「お箸が進んでおられませんね」

「うん？」

「…………」

　女将がきょとんとしている。

「よせよせ、こいつはな、酒に弱いのだ」

　西尾が笑っている。

　信平はすっかり気分が良くなり、返事をするのがやっと。女将が何か言っているが、白い顔と紅い唇が天井と畳のあいだをぐるぐる回り、目の前がぼやけてきた。

「おい、信平、信……」

しばらくして、信平はふと、目を覚ました。いつの間にか眠ったらしく、座敷には蠟燭が灯されている。三味線の音はやみ、代わりに、地響きがするほどのいびきが聞こえた。聞こえたと思うや、ふと止まる。仰向けに寝た弥三郎が口をむにむにと動かし、幸せそうな顔で寝ていた。

ぼうっとして、いつ眠ったのだろうと考えていると、襖の向こうから声がすることに気付いた。

「良いな、お駒《こま》」

「ほんとに、あたしなんかでいいんですか」

「当たり前だ。明日の夜、八幡様で待っている。上方《かみがた》に行き、二人で静かに暮らそう」

「うれしい」

どうやら、誰かが駆け落ちをする相談をしているようだが、

「この声は……」

信平は、ゆるりと起き上がった。

弥三郎が寝ていて、西尾はお清という芸者と向かい合い、酒の呑み比べのようなこ

とをしている。

二人とも底抜けの酒呑みだと思いつつ、視線を部屋に廻らす。

矢島の姿がなかった。襖を隔てた後ろの座敷から聞こえたのは、矢島の声だ。芸者を口説《くど》いているのだろう、本当に、女遊びが好きな男だ。

そう思いながら信平はあくびをして、立ち上がった。

「おお、起きたか」

西尾がお清の肩を抱いて、上機嫌で言う。

いつもとは違う西尾の一面を見たような気がしたが、悪くはない。

「どこへ行くんだ」

「ちと、厠へ」

廊下に出て、左右を見た。

女将が廊下の角を曲がって来て、信平が立っているので驚き、

「お目覚めですか」

にこりと笑って言う。

「厠に行きたいのだが」

「はい、この廊下を突き当たった所にございますよ」

信平は急いだ。

厠に駆け込んで用を足し、石瓶《いしがめ》の水を柄杓《ひしゃく》ですくって手を流していると、中庭を挟んだ向こう側の廊下を走る、侍の姿が見えた。

前を行く人物に、見覚えがある。矢島の兄、基休だ。

家来を引き連れた基休が、信平たちが呑んでいた座敷の前で止まると、何かを叫んで、中に入った。

(何か問題が起きたか)

信平が急いで戻ると、矢島と、芸者のお駒が並んでひざまずき、その前に基休が仁王立ちしている。

「兄上、なぜここが……」

「黙れ！　道場から帰らぬと思って探してみればこれだ。大輝、貴様、この兄の命令が聞けぬと申すか」

「……兄上、わたしはこのお駒と夫婦《みょうと》になると決めたのです」

「たわけ！　お前はもうすぐ祝言を挙げる身ぞ。このような女に騙されよって」

お駒が目を丸くして、矢島を見た。

「本当ですか」

「…………」

矢島はばつが悪そうな顔をしている。

「女癖が悪いなどという噂が立つ前に帰るぞ」

基休が顎を振り、家来に命じた。

うなずいた家来が、

「さ、帰りますぞ」

大輝の両脇を抱える。

「よせ、放さぬか」

「どちら様か存じませぬが……」

信平の背後から、女将が中に入って来た。

「……今宵、矢島様は手前どもの大事なお客様にございます。ご無体なことはおやめくださいまし」

「料理屋の女将風情が、無礼なことを申すと許さぬぞ」

「無礼なのはそちら様にございますよお武家様、他のお客様にご迷惑ですから、どうぞお引取りくださいましな」

「すぐに出て行くから心配無用じゃ。さ、大輝、帰るぞ」

「帰りませぬ」

「大輝！」

「帰りませぬ」

「ええい黙れ！」

「黙りませぬ！」

強引に連れて帰ろうとする家来の腕を振り払い、矢島が兄を睨んだ。

「なんだ、その目は」

弟を捕まえるために前に出ようとした基休の前に、女将が立ちはだかった。

「いい加減にしてくださいまし」

「どけ、どかぬと斬るぞ」

「あちらの部屋におられますお方が騒ぎを静めよとおおせです。これ以上騒ぎを大きくすると、あなた様の御身にかかわりますよ」

「なに？」

基休が、女将が指し示した部屋を見た、
障子が締め切られ、中に誰がいるのかは分からない。

「誰がおると申すのだ」

「お教えしてもよろしゅうございますが、あなた様のお名も、伝えますよ」

「そう言えば、ここは幕閣の方がよく来られるんですよね、女将さん」

目を覚ました弥三郎が、あくびをしながら言った。途端に、基休の顔色が変わる。

不安げな顔で部屋を見ると、

「ええい、勝手にしろ」

弟の大輝に捨て台詞《ぜりふ》を吐き、家臣を引き連れて出て行った。

「済まぬ、女将」

「あたしはよいですよう。それより、謝る人を間違っていませんか」

言われて、矢島がお駒を見た。

「お駒、何も心配することはないぞ」

「…………」

お駒は戸惑っている様子だ。

「祝言が近いって、どういうことなのさ」

お駒に代わり、お清が訊いてきた。

「姐さん」

「あんたは黙ってな」

お清は美しいが、気が強い。背中に一本筋が通っている。

そのお清に詰め寄られ、矢島はたじたじだ。

「兄上が、勝手に決めたことだ」

「じゃあ、このお駒ちゃんを捨てたりしないんだね」

「…………」

「どうなのさ」

「その、つもりだ」

「上方に行くというのも、嘘じゃないね」

「……ああ」

「だったら、これから二人で逃げたらどうなのさ」

「…………」

矢島はとうとう黙ってしまい、うな垂れた。

「口じゃ上手《うま》いこと言ってるけど、本気で逃げる気があるのかい、どうなのさ」

追いつめられた矢島が、とうとうお駒の前でひざまずいた。

「済まん、お駒」

「えっ……」

「明日の待ち合わせには、行かないつもりだった。ここへ兄上が来たのも、祝言が近いとそなたに分からすためだに、おれが一芝居頼んだのだ」

「そんな……」

「おれは……、婿入りする。このおれには過ぎた縁談でな、そなたと一生日陰に暮らすより、婿に入って、武士として生きて行くと決めたのだ」

「……そう」

「許せ」

お駒は悲壮な面持ちとなったが、すぐに笑顔を浮かべた。

「そうよね。あなたはお侍ですもの、そのほうが良いに決まってる」

「お駒ちゃん」

「いいのよ姐さん。大輝さんが幸せになれるなら、あたしはそれで」

「酷い男だよ、あんた」

お清が罵《ののし》り、お駒の手を引っ張った。

「こんな男、こっちから願い下げだよ。行くよ、お駒」

憤慨したお清がここにいる男全員を睨み、お駒を連れて出て行った。

成す術《すべ》もなくお駒の背を見送る矢島が、がっくりと両手をつく。

「なぜ、あのような嘘を申したのだ」

信平が言うと、みなが注目した。西尾が近づき、訊いた。

「どういうことだ、信平」

「基休殿には、明らかな殺気を感じた。違うか、矢島」

信平が問うと、矢島が歯を食いしばり、

「これで……良いのだ」

事情を察した女将が、気を利かせて出て行き、障子を締め切った。

矢島は背中を震わせながら、真実を語った。

兄の基休は、かつて上役だった人物から、弟大輝を婿に欲しいと縁談を持ちかけられた。

その相手とは、矢島家より大身であり、徒頭《かちがしら》を務める家柄。

お役目を欲する兄にとっては、願ってもない良縁と、大輝に相談することなくこれを決めた。

ところが、大輝がきっぱりと断ったものだから、基休は面食らったのである。

二人は激しい兄弟喧嘩となり、殴り合いのあげく刀を抜く大騒動となったのである。

家来が止めたので、家の恥になるような事態にはならなかったが、喧嘩の原因がいけなかった。

大輝が芸者に惚れていることに激怒した基休が、応じなければ、お駒を殺すと、脅したからである。

いや、脅しではなく、基休は本気であった。

この料亭朝見に兄が現れたことで、大輝はそう、確信したのだ。

「それで、咄嗟《とっさ》にあんな嘘をついたのか」

信平の言葉にこくりと頷いた矢島は、銚子の酒をがぶ呑みして、

「悔しいが、もはや兄上には逆らえぬ」

そう吐き捨てると、睨むような目線を障子に向けた。

「これから戻って、婿に行くと、兄上に言うよ」

弥三郎は悲しげな顔を矢島に向け、西尾は、柱に背を持たせかけ、静かに酒を呑んだ。

女将に詫びを言って四人が帰ろうとしていると、最後に出ようとした信平の袖を引っ張り、

「またお越しくださいましねぇ、お公家様」

みなに聞こえぬように、小声で言う。

目礼した信平は、みなが待つ出口に歩んだ。

三

翌朝、朝餉の膳を前にした信平は、針の筵に座らされた心持ちだった。

善衛門がわざとらしく空咳をして沢庵《たくあん》漬けをかじり、

「殿は良いですなぁ。高級で知られる朝見でどんちゃん騒ぎ。それにくらべ我らは今朝も沢庵と味噌汁」

と嫌味を言って、ため息をついた。

かりこりと音をさせる善衛門をちらりと見て、恐る恐る目線を転じると、お初が目を伏せ気味にして、御飯を口に入れている。

今朝は、一言も声を聞いていない。

夕べ屋敷に帰ったのは九つ（午前〇時）。

お初は監視に付いていなかったのだが、そのせいか、時折表に出て、帰りが遅い信平を心配していたらしい。

これは、今朝早く、善衛門が教えてくれたことだ。口止めされたらしく、信平は、知らないことになっている。

料亭朝見にいたと、正直に言ったのがまずかった。善衛門は嫌味を言ってお初の怒りを静めようとしているが効果がなく、今も、

(どうするのか)

と、目顔で言ってきた。

助け舟が来たのは、そんな時だ。

「おはようございます。信平様!」

玄関で訪《おとな》う声がして、お初が一つため息をして荒々しく箸を置くと、出迎えに立った。

同心の五味正三が、火急の用事だと言って上がって来た。

お初が膳を下げようとすると、

「あ、そのまま、そのまま」

食べながら聞いてくれと言って、信平の前に座った。

大仰に両手をつき、信平様におかれましては何がどうしたと堅苦しい挨拶を述べるので、

「五味殿」

「……はは」

「申したであろう。麿は五十石とりの旗本。そのようにされては困る」

「はは、では、これよりはそのようにさせていただきます」

おかめのような面を上げるなり膳を覗き込み、

「美味そうな味噌汁でござるな」

ごくりと喉を鳴らす。

「……五味殿もいかがか」

「それはどうも。実は夕べから、何も口にしておらぬのですよ」

二人のみょうちきりんな会話を聞いたお初が、黙って台所に立ち、朝餉の用意をして来た。

「おお、かたじけない」

味噌汁を一口吸って、

「これは旨い！」

嬉しそうに、お初を見て言う。

こんなに旨い味噌汁は初めて食べたと言うと、お初がこぼれそうな笑みをこらえて自分の膳に戻った。

氷が溶《と》けるように、お初の表情が穏やかになった気がして、信平がほっと胸を撫で下ろす。

「して、火急の用とは？」

夢中で飯を食べていた五味が、ああそうだったと言って、箸を置いた。

「夕べ、朝見に行かれたか」

「うん、行ったぞ」

「そう、か……」

「それが、何か」

「お駒と申す芸者を、座敷に呼ばれましたな」

「…………」

「殿！」

善衛門が目を丸くして尻を上げたので、五味が善衛門に驚き、茶碗を激しく置いて物に当たるお初に振り向いたあとで、信平に言った。

「あれ、まずいこと言った？」

信平は無言で首を振った。共に暮らしていないとはいえ、妻がある身だ。芸者遊びをしたと思われては、都合が悪い。

「確かに、友が呼んでおったが……」

とぼけて言い、それがどうしたのかと訊くと、

「そのお駒が、夕べ遅く、家に押し入った何者かに斬られたのだ」

「なんと……して、命は」

「重傷だが、命に別状はない。たまたま泊まっていた芸者仲間が騒いだせいで、とどめを刺せなかったのだろう」

「お清は無事なのか」

「無事でござる。しかし、名を言っておらんのにすらりとその名が出て来るとなると、何か、事情を知っておられるようだ」

「いや……」

「隠さず、教えていただけぬだろうか」

「殿、ここは正直に申されよ」

「ふむ……」

信平はどうしようか迷ったが、朝見であったことを全て話して聞かせた。

するとと五味が、賊は矢島の兄が差し向けた可能性があると疑った。

「お清はなんと申している」

「暗かったうえに、頭巾で顔を隠していたらしい。身なりは侍だったと申しているが、それだけでは証拠にならぬ。いろいろ話を聞いているうちに信平殿の名前が出たので、こちらへ来たというわけだ。お蔭で収穫はあったのだが、それがしが睨んだとおり矢島の兄が関わっているとなると、手出しはできぬな」

「あきらめるのか」

「いや、まだ別の線があるので調べは続ける」

「他にも、狙われる理由があると」

「そうではなくて、近頃は妙な輩《やから》がいてな。金を出せば代わりに人を殺してくれるらしいのだ。噂では、闇の組織があるとか」

「なんと」

「殺し屋の集団が、この江戸にいると申されるか」

信平と善衛門は顔を見合わせた。

「まあ、見た者はおらぬし、当然だが、頼んだと言う者もおらぬのだから、単なる噂かもしれぬが」

雲を摑むような話だと言い、五味は立ち上がった。

「ああ、そうだ。関谷道場には、西尾という男がおりますかな」

「西尾なら、親しくしているが」

「良い噂がない。あまり、近寄らぬほうがよろしいかと」

「それはいったい……」

「お初殿、旨い味噌汁でした」

言葉を切るように手を合わせて礼を言うと、役目に戻って行った。

まるで、西尾がその闇の組織の者だと言われたようで、信平は心配になってきた。

「まさか、な……」

信平は言い、出かける仕度をした。

「どちらへ行かれます」

「うん、ちと道場へな」

「では、それがしも」

「うん？」

「いや、天甲殿に会いに」

目を泳がせ、とぼけて言う。

二人で道場に行くと、善衛門は天甲と碁を打つと言って奥の部屋に入った。

信平は稽古場に入り、矢島を探す。だが、やはり来ていなかった。

弥三郎がいたのでお駒のことを訊くと、

「げえ」

と驚き、知らなかったと言う。

矢島が心配だと信平が言うと、弥三郎が言った。

「お駒ちゃんの所かもしれぬな。家を知っているから、これから行ってみよう」

稽古を抜けて、二人で道場から出た。

「そう言えば、西尾も来ていなかったが」

「あいつは誰かさんと一緒で、滅多に来ないから」

自分のことを言われた信平は、そうかと返事をして、

「西尾のことだが、どう思う」

「どう思うって、何が」

「いや、考えてみれば、西尾のことをあまり知らないと思ったのだ」

「あいつは良い奴だぜ。剣の腕が立っても偉ぶるでもなく、家計を助けるために仕事もしている」

「仕事?」

直参である旗本や御家人は、副業を許されていない。だが、それは建前で、禄が少

ない御家人の中には内職で家計を支えている者がほとんどで、幕府はそれを黙認している。

「西尾の所は、母と病弱の妹と、下人が一人いるだけだが、それでも、副業をしなければ苦しいのだ。なんせ、禄はたったの三十俵だから、薬も買えないだろう」

「なるほど。して、その副業とは、何をしているのだ」

「さあ、それは知らぬなぁ」

弥三郎は首を傾げて言った。

お駒の家は、大川に近い佐賀町《さがちょう》にある。

弥三郎が訪いを入れた家は、長屋ではなく庭付きの一軒家だった。

返事はない。

「誰もいないのかな」

弥三郎が庭の中を覗いている。

「芸者とは、良い暮らしをしているのだな」

「そりゃそうさ」

弥三郎が言った。

お駒は、矢島と恋仲になる前はどこかの店の主《あるじ》に囲われていたらしく、その時に買え与えてもらった家らしい。

その主は既にこの世になく、晴れてお駒の物になったというわけだ。

ぺらぺらと喋る弥三郎の口が急に静かになった。どうやら全部吐き出したようだ。

「よく知っているのだな」

「お駒ちゃんが、隠し事は嫌だからと全部教えたらしい。たぶん、あれだな。それでも良いのかと、確かめたんだろう。お、誰か出て来たぞ」

地味な小袖を着た、三十歳がらみの女だ。化粧をしておらず、眉もないので目が怖い。

「あら、丁度良かった」

「ええっと、どちら様で？」

弥三郎が訊き返すと、途端に女の顔が険しくなった。

「失礼ね、お清ですよ」

弥三郎が仰天して、信平に目線を向けてきた。

あの美人で小粋なお清とは思えぬので、

「別人であろう？」

弥三郎が失言した。

お清が歯を剝き出して怒ったが、

「馬鹿なこと言ってないで、二人とも早くお入りなさい。大変なことになってるのよ」

つるつるの眉根を寄せて、中へ誘った。

「兄を、斬っただと？」

「ああ、斬った。というわけで、おれは今日からここで暮らす。道場も辞めるからな」

息を呑む信平と弥三郎の前で矢島大輝が言い、酒をあおった。大きな息を吐いて、顔を横に向ける。その視線の先にある隣の部屋では、お駒がうつ伏せに寝かされている。医者の治療が早かったので命を取り止めたが、いまだ高い熱があり、意識もはっきりしないらしい。

「殺《あや》めたのか」

「そのつもりだったが、家来どもに邪魔をされたので出来なかった。腕に傷を負わせただけだ」

「なぜそのようなことをしたのだ」

「お駒が襲われたと知らせが来た時、兄上の奴、まるで知っていたかのように、これで踏ん切りがつくだろうとぬかしよった」

「では、基休殿の命で、家来がここに押し入ったと申すか」

「いや……、兄は、人を雇ったのだ」

「人を？」

矢島が辛そうに目を閉じて、懐から印籠《いんろう》を出した。

「お駒を襲った奴が落として行った物だ」

手渡されて、信平は目を疑った。

「これは……」

丸に花菱の家紋が入れられた印籠は、西尾が腰に下げていた物だ。

「金が良い仕事をしているとは聞いていたが、まさか、人斬りを請け負っていたとはな」

矢島が憎しみを込めた声で言う。

「金さえ出せば、どんな相手でも殺すんだってねぇ」

お清が酒と肴を持って来ると、信平と弥三郎の前に置きながら言う。

「そんな連中に頼むなんて、どうかしているよ」

「済まぬ」

矢島が頭を下げた。

「それにしても、西尾様が人殺しだなんて……」

お清が難しい顔をして、

「……あたしは信じられませんよ」

「おれも信じたくはないさ。でも、ここに動かぬ証拠がある」

矢島が大声で言い、印籠を握りしめて悔しそうな顔をした。

金のために人を殺す。しかも、友が好いた女と知って襲うとは、人の血が通っているとは思えない。

信平は西尾の顔を思い出していた。普段は物静かで穏やかな男が、そのような恐ろしい一面を持っていようとは思いもしなかった。

「おれは、奴を許せぬ」

「どうする気だ」

弥三郎が矢島に訊くと、横に置いていた刀を握り、目の前に立てた。

「果し合いだ。このおれが、成敗してくれる」

「ほ、本気で言ってるのか、相手は番付二十位以内だぞ」

「それでもやる。絶対に」

自分に聞かせるように言い、信平と弥三郎を交互に見た。

「二人には、立会人を頼む」

「……承知した」

「ちょ、ちょっと信平さん、軽く受けちゃって良いんですか」

「ちと、用を思い出した。麿は先に帰るぞ」

弥三郎を残して、信平は道場に帰った。

四

「殿、何処へ行かれますのじゃ。もう少しで、天甲殿を参ったと言わせられるのに」

囲碁に熱中していた善衛門を連れ出し、信平は深川の町を歩いている。

「善衛門は、旗本の矢島基休なる者を知っておるな」

「矢島？　旗本の矢島……ああ、殿の友の兄ではござらぬか」

「そこへ行くのだ」

信平は歩きながら、これまでのことを簡単に聞かせた。

「そのような者の所へ行って、いったい何をなさるつもりです」

信平は立ち止まり、善衛門の耳元で細かいことを言って聞かせた。

八名川町《やながわちょう》の矢島家を訪ねると、大輝の兄基休は、斬られて深手を負った腕を抱えるようにして、二人の前に現れた。

床に伏せて唸っていたらしく、白い着物の上に、薄茶色の波模様の羽織を掛け、目の下に隈《くま》を浮かせて座る様は、怪我人と言うより、死期を間近に迎えた病人のようである。

その基休が、腕の痛みに顔をしかめつつ上座に座り、言った。

「松平様と聞いたので無理をして出てみれば、なんじゃ、信平殿であったか」

「お怪我のほうは、いかがですか」

「見てのとおりだ。信平殿、あのぼんくらめが何処におるか、知らせに来てくれたのか」

「いえ……」

「では、何をしに参られた」

「これ、矢島殿、無礼であろう」

下座に控える善衛門が言うと、基休がじろりと睨み、

「誰じゃおぬしは、信平殿、そなたの家来か」

「いえ、家来ではござらぬが、事情があって共に暮らしております」

「居候か」

「ぶ、無礼な！」

「では何者じゃ、名を申せ」

帯に差していた扇子を抜いて先を向けた。

善衛門が胸を張り、

「亡き将軍家光公側近、葉山善衛門じゃ」

仰々《ぎょうぎょう》しく言うと、基休が絶句した。

どうじゃ参ったかと善衛門が更に胸を張ると、

「ばかな、葉山様は本丸御殿にて上様のお世話をなされたお方。このような所におられるはずがなかろう」

冗談もほどほどにいたせと、基休が信じない。

「さて、これは困った。おお、そうじゃ、家光公より拝領の、この左門字《さもんじ》が証拠じゃ」

善衛門が、横に置いていた自分の刀を前に立て、鞘を横にして見せる。

黒塗りの鞘に金色で描かれた葵の御紋を見て、

「ま、まさか」

基休が目を瞠った。

それを見逃さない善衛門が、更に続ける。

「そしてそちの前におわすお方は、何を隠そう、ただの松平様ではないぞ、良く聞け、家光公御正室の弟君、鷹司松平信平様であるぞ」

基休が愕然として、ぱたりと扇子を落とした。肘掛を飛ばし、座布団を払って片手をつく。

「こ、これは、何も知らぬとは申せ、御無礼をいたしました。平《ひら》に、平にご容赦を」

「許さぬ」

信平がぴしゃりと言った。

「へ？」

間抜けな声を出して、基休が顔をねじ上げる。

「昨夜、料亭朝見でそちがした所業を覚えておろう」

「そ、それは」

「女将が、別の部屋におられた客を気にしていたな」

「は、はい」

「今日参ったのは他でもない、そのことじゃ」

「…………」

「善衛門殿」

「はは」

善衛門が信平に代わり、

「実はのう、矢島殿。昨夜わしは、やんごとないお方のお供をして、あの料亭にいたのだ」

「……はい」

「そのやんごとないお方が大事な話をされていた時に、そちが大きな声で怒鳴っておったのを不快に思われてな。首をはねると言われるのを、必死で押さえていたのだ」

下を向く矢島の顔が見る間に青くなり、恐怖に目をひん剝いている。

「そちが女将の言うことを聞いてすぐ帰ったゆえ、あの場は事なきに済んだ」

「ははあ」

「じゃが、今朝呼び出しを受けてな。先ほどお城から戻った足で、ここへ来たのだ」

「そ、それはいったい」

「うむ、やんごとないお方がな、そちから話を聞き、場合によっては腹を切らせろと、わしに命じられたのだ」

「そ、そんな……」

　血走った目を、善衛門に上げた。

「……その、やんごとないお方と申されるのは、いったい」

「申しても良いが、やんごとないお方があの店にいたことをそちが知ることになる。さすれば、そちの命を助ける手立てがなくなるが、それでも良いか」

「い、いえ、聞きませぬ」

「うむ。それでな、基休殿」

「はい」

「夕べのことは、この信平様より大方聞いておる」

「はい」

　善衛門が、威嚇するように目を見開いた。

「おぬし、弟の好いた芸者を、人を雇うて殺そうとしたな」

「……そ、それは」

「まあ、兄弟の争いなどどうでも良い。それよりどうじゃ、取り引きをせぬか」

「と、取り引きと、申されますと？」

「実はな、やんごとないお方は、闇で仕事をする者を探しておられる。そちが雇うた者が誰であるか教えてくれたら、昨日のことは忘れていただくよう、わしが取り次ぐが」

「ま、まことにございますか」

「うむ、悪い話ではあるまい」

「ははあ」

表情をぱっと明るくした基休は、あっさりと喋った。

「なるほど、そのような恐ろしき者が、この深川に潜んでおるとは……」

善衛門が言い、大きなため息を吐いた。

「よし、すぐ城に立ち帰り、お知らせいたそう。基休殿」

「はは」

「そちがその組織を雇ったせいで、弟は命を落とすやもしれぬぞ」

「葉山様、それはいったい……」

「うん、今は申せぬが、ちと、厄介じゃ。弟が九死に一生を得て戻ったならば、好きに生きさせてやることじゃな。これは、わしの意見じゃ。兄弟で争えば、家が潰れるでのう」

「はは、こうなっては、何も言うことはございませぬ。葉山様の言われるとおりにいたしましょう」

「うむ。では、われらこれにて失礼する」

畳に頭を擦りつける基休に背を向け、信平と善衛門は立ち去った。

部屋を出るなり、善衛門は早く逃げようとばかりに、小走りしている。

屋敷を出てしばらく歩き、尾行がないのを確かめたうえで、二人は団子屋に入った。

善衛門が大きな息を吐いて背を丸め、

「いやあ、肝を冷やしましたぞ。寿命が縮まると言うのは、まさにこのこと」

むにむにと口を動かしながら、愚痴を始めた。

信平は今日ばかりは聞いてやり、呑気な顔で団子に舌鼓を打った。

「聞いておられるのか殿」

「うん、旨い」

「殿！」

「うまくいったと申したのだ。さすがは将軍の元側近、なかなかの迫力であったぞ」

「何を言われます、側近と申しても、雑用係りですぞ。亡き家光公が、あの世で怒っておられましょうぞ」

「いいや、善衛門、よくやったと笑っておられるよ」

「そうですかな」

と、喜ぶ善衛門だが、

「して、朝見におられたやんごとなきお方とは、どなたなのです」

「さあ」

「さあって、殿、幕府重臣の方だと申したではありませぬか」

「そうでも言わねば、演技に迫力が出ぬと思ったのじゃ」

「なんということを、このことが朝見の女将から矢島殿に知れたらなんとされます」

「その時はその時じゃ」

「知りませんぞ、大事になっても」

「そんなことより、基休殿が申したことのほうが大事じゃ。何か、良い手はないものか」

「うぅむ」

善衛門も唸るほど、基休の口から出たことは、厄介であった。

五

翌日は、煙のような雨が降っていた。

信平は、五味と、門前町の徳次郎と共に小料理屋の二階部屋に入り、人気《ひとけ》が少ない通りを見張っている。

さすがに狩衣は目立つというので、今日の信平は、鮫小紋《さめこもん》の着流しを着ている。

紺に白い点を半円状に重ねた模様は美しく、長い髪を後ろに束ねた信平は、まるで役者のようだ。

「何を着ても、おぬしは目立つな」

五味が言う。

「普通の武家に見えるであろう」

「まあ、公家には見えぬな」

その五味は、黒染めの羽織と十手を持っておらず、こちらも普通の武家に化けている。

その横にいる徳次郎は、二人の会話には入らずに、格子窓から外を見ている。口入屋の、丸二屋を監視しているのだ。

ここが、基休が口にした闇の組織につながる店である。

奉行所も目を付けているらしく、徳次郎はこうして何日も、この部屋に詰めていた。

西尾のことを五味に相談したところ、それならばと、ここへ連れて来てくれたのだ。

「出てきました」

徳次郎に言われて通りを見下ろすと、西尾が店の前に立ち、傘を差すところだった。

時々この店に現れ、仕事を受けているという。

尾行をした下っ引きの話では、堀川の普請場で力仕事をするのがほとんどだが、見張りを始めて二度ほど、尾行をまかれたらしい。

そして、その日に限って、人が殺されたという。

一度目は材木問屋の番頭、二度目は旗本の家臣で、この二人に共通するのは、どちらも鮮やかな斬り口による即死。下手人は相当な遣い手ということだ。

「他にも浪人者が何人か出入りしてますがね」

徳次郎が、ぬかりのない目を外に向けたまま言う。

「こちらは店の脅しや、金の取り立てといった、ちんけな仕事をしているようで」

「まあ、あれだな、調べてみれば、闇の殺し屋集団とは名ばかりで、やることはたちの悪いやくざと変わりない。西尾一人が鮮やかな殺しをするから、噂が一人歩きしただけだ」

監視を続けると言う二人と別れて店を出た信平は、その足でお駒の家に行った。

看病を続けるお清に迎えられて、

「あれ、大輝様は、信平様の屋敷へ行くと言って出かけられましたよ」

「そうであったか」

「それより、中に入ってくださいな。大事な話がありますので」

「うん」

言われて家の中に入ると、お駒が布団の上に座っていた。

「たった今、目が覚めたんですよう」

「おお、それは、良かった」

「信平様……」

お駒が、布団の上で両手をついた。

「……うん？」

「大輝様は、あたしが目覚める前に出かけられたのでまだ知らないのですが、あの夜、命を救ってくれたのは西尾様なのです」

押し入った賊に背を斬られたあと、とどめを刺そうとする者の刀を西尾が止めたのを、失う意識の中で憶えているという。

「では、やはり西尾はここに来たのだな」

「……はい」

「知らなかったんじゃないですか、ここがお駒ちゃんの家だってことを」

「矢島は、麿の屋敷に行くと申したのだな」

「……はい」

「いつ出かけた」

「半刻ほど前でしょうか。なんだか、怖い顔をしていました」

「しまった」

信平は、矢島を追って屋敷に帰った。

「殿、文が届いておりますぞ」

渡された文は、矢島大輝からだった。信平の不在を知ると、これを置いて行ったと言う。

「して、例の口入屋はどうでしたかな」

「うん、やはり西尾は、丸二屋に出入りしていた」

「では、基休が申したことはまことでしたか。金のために友を裏切るとは、嫌な世の中になりましたなぁ」

「全ては今日、分かるだろう」

「今日？」

信平は、文を渡した。

「矢島と西尾が果し合いをする」

「立会人を頼むと書いてござる」

「すでに承知済みじゃ」

「なんと！　では、それがしも」

「ならん」

「しかし殿……」

「これは友のことじゃ。上様にも報告するでない。よいな、二人とも」

膳の間に通じる襖の陰に控えるお初が、静かに気配を消した。台所で、夕食の仕度をする音がしている。

信平はただ一人で、屋敷から出かけた。

雨は止み、空は青いが、既に陽は西に傾き、町屋が道に日陰を落としている。果し合いの場所は深川の東にある一本松の原。時刻は申《さる》の下刻。急がねば、間に合わない。

信平は着慣れぬ着流しの裾を端折《はしょ》り、狐丸の鍔《つば》を押さえて走った。

その頃、一本松の原では、先に到着した矢島と弥三郎が、西尾が来るのを待っていた。

深川は徐々に発展を続けているが、このあたりはまだまだ未開発で、海に向けて、見渡す限りの葦原《あしはら》が広がり、時折、強い海風が吹いて来る。

中川に通じる小名木川沿いにある一本松の原は、日頃から人が近づかないためか、果し合いに度々使われる場所と知れているので、矢島はこの場を指定したのだろう。

「なんだか、寂しい所だな」

夏だというのに弥三郎が手を擦りながら、身震いまでしている。

矢島は、薄ねずみ色に麻の葉模様の着物に濃紺の袴を穿き、白いたすきに鉢巻をしている。強い意志を示す目を葦原のほうへ向け、腕組みをして静かに待っている。

「来た」

弥三郎が、川土手を歩む人影を見つけて言った。

原に下りた西尾が、ゆっくりと歩み寄る。

「来たか、西尾」

矢島が言い、ゆるりと振り返った。

西尾は無言で立ち、じっと矢島を見据えている。

麻の着物に袴を穿いている西尾は、額に汗を浮かせ、日に焼けた浅黒い肌をしている。今まで普請場で働いていたという足は、泥で汚れていた。

「西尾……お駒の仇、覚悟いたせ」

矢島が鋭い目を向け、刀を抜いた。

西尾は刀に手を掛け、鞘ごと抜き、その場にひざまずいた。

「何のつもりだ」

「知らなかったとはいえ、お駒に傷を負わせたのは確かだ。煮るなり焼くなり、好きにしろ」

「おのれ、果し合いを申し入れたおれを、愚弄するか」

「……………」

西尾は答えずに、目を閉じた。

「いいだろう。その首をいただく」

　矢島がそばに行き、刀を振り上げたその時、原に一発の銃声が轟き、腕を撃たれた矢島が飛ばされた。

「く……」

　血が滲む腕を押さえ、西尾を睨む。

「おのれ、卑怯な」

「くっ」

　西尾が目をひん剝いて驚き、あたりを見渡した。そして、愕然として一点を見つめる。

　地面に突っ伏していた弥三郎が、その方角に目を向け、

「だ、誰だ、あいつら」

　這うようにして矢島のそばに行き、身を起こすのを手伝った。

　西尾が身構え、

「おのれ丸二屋、何をする」

「そりゃこっちの台詞ですよ、先生。これ以上勝手なことをされたんじゃ、困りますぜ」

薄笑いを浮かべる中年の男が、筒先にくゆる煙を吹き、火縄銃を肩にかついだ。

その背後には浪人風の男が三人いて、他にも、やくざ風の男たちが五、六人いる。さらに、駕籠が二つやって来て、身を寄せ合う矢島と弥三郎の近くに止まると、中から二人の男を蹴り落とした。

その二人は、五味と徳次郎だ。

丸二屋を監視していた部屋にいきなり人が入って来て、抵抗する間もなく気絶させられたのだ。

二人とも猿ぐつわをされて、縄で縛り上げられて身動きが取れない。

「この者たちはなんだ」

西尾が訊くと、

「店をこそこそ探っていやがったので、ついでに始末しようと連れて来たのよ。それはそうと先生、あんた今、こいつに斬られようとしていたな」

「……………」

「こっちはなぁ先生、貸した金を返してもらうまで、死なれちゃ困るんだよ。それともあれか、妹を吉原に売られても良いのかい。まあ、あの器量だから五十両なんて金はすぐ稼ぐだろうが」

「妹は病気なのだ、手を出すな」

「だから、先生に稼いでもらわねえと困るんですよ」

「くッ」

西尾は屈するように、うな垂れた。

「どうです、こいつらを殺したら、二両ほど借金から引きますぜ」

丸二屋の周囲に無頼者たちが集まり、薄笑いを浮かべている。

「おのれ！」

弥三郎が刀を抜いて無頼者に斬りかかったが、軽く刃をかわされ、刀の柄を鳩尾《みぞおち》に入れられて突っ伏した。

「弥三郎」

矢島が叫んだが、弥三郎は腹を抱えて悶絶している。

五味と徳次郎が、恐怖に目を充血させ、猿ぐつわをされた口で唸り声をあげている。

「黙れ！」

浪人者が蹴り倒し、刀を抜いた。

「かしら、おれに斬らせろ。新刀の切れ味を試す」

「仕方ない、良いですよ」

「おい、西尾、芸者の時のように邪魔をするんじゃないぞ」

浪人の言葉に、矢島がはっとして顔を上げた。

「西尾、お前……」

「そうよ、てめえの女だと知って、おれの邪魔をしたんだこの先生は。それを知らずに果し合いを申し込むとは、てめえも馬鹿だな、え、ははは」

歯をむき出しにして醜い笑い方をする男が、嬉々とした目で刀を振り上げた。

「死ね！」

そう言った直後、飛んできた短刀が額に突き刺さり、

「ぐげぇ」

と、白目をむいて仰向けに倒れた。

西尾が、脇差を投げたのだ。

「てめえ！」

色めき立った者たちが一斉に刀を抜くが、それより早く動いた西尾が、次々と斬りつける。たちまち三人のやくざ者が斬られ、西尾の背後で倒れた。

血が滴る刀を下に向け、西尾がじりじりと後ろに下がると、五味と徳次郎の縄を切った。

すぐに立ち上がった五味が、神妙にいたせと丸二屋に叫ぶ。

だが、丸二屋は動じるどころか、不気味な笑みを浮かべている。

「先生方、よろしく頼みますよ」

そう言うと、二人の浪人が前に出て、静かに刀を抜く。

構えに隙がなく、これまでの者とは格段に雰囲気が違う。

素手のままの五味が、ごくりと喉を鳴らして後退る。それをかばうように前に出た西尾が、刀を正眼に構えて対峙した。

横に回ったやくざ者が突き棒を構え、人をいたぶるようにちょこまかと棒を突き出し、舌なめずりをしている。

ぬかりなく気を配る西尾が、ちらりと棒を見た瞬間、

「てや！」

右の浪人が横一線に刀を払って来た。

「おう！」

鋼がかち合う音が連続して響き、立て続けに繰り出される技を受け流す。

やくざ者三人が加勢し、一人が突き棒で西尾の足を打つ。

足首を払われた西尾がよろめいた隙を突き、浪人が刀を振り下ろした。

刃が西尾の右腕をかすめ、手首に血が流れる。

息を吐いた西尾が、必死の形相で刀を構えている。そこへ、やくざ者が突き棒を繰り出して来た。

西尾は突き棒を払い上げ、一気に間合いを詰めて胴を払った。

「おげえ」

突っ伏すやくざ者を背に、前に走る。

浪人者に斬りかかるが、刀を弾かれ、互いがすれ違った直後に背を斬られた。

ぱっくりと袈裟懸に口を開ける着物に鮮血が滲む。

「西尾！」

「来るな！」

加勢しようとする矢島を止め、息を荒くした西尾が敵を睨んだ。

「この命に代えても、貴様らを討つ」

「ほう、やってみろ」

浪人が言い、ゆるりと正眼に構えた。

構えたと思うや、

「てい！」

突きを繰り出し、西尾が払う刀をかわして大きく振り上げ、打ち下ろした。

一瞬の隙を突かれた西尾が辛うじて刀で受けるが、乾いた音を発して、叩き折られた。

「くっ」

鍔から先をわずかに残し、見事に折られている。

「勝負あったな」

浪人が言い、刀を振り上げた。

「死ね！」

西尾が覚悟を決めたその時、

「あたあ！」

と、裏返るような声がした直後に、目の前の浪人が瞠目した。

西尾が股のあいだに違和感を覚えて見下ろすと、股間から突き棒が延びている。

その棒の先端は見事に浪人の股間を突き砕き、玉を潰された浪人が、口から泡を噴いてその場に突っ伏した。

するりと抜かれた突き棒を持っていたのは、五味だ。

得意げな顔をして、やくざ者から奪った棒を頭の上で回転させている。

「わが宝蔵院《ほうぞういん》流槍術《りゅうそうじゅつ》の味はどうじゃ」

大仰に言い放つと、十文字槍ならぬただの棒を構えて、残っているやくざ者に猛然と向かう。

「あたあ」

見事な槍さばきで刀を絡め飛ばし、腹を突き、あるいは喉を突いて、三人を見る間に倒して見せた。

「残るは二人のみ、大人しく縛《ばく》につくか！」

「しゃらくせえ！」

丸二屋が叫び、浪人と入れ替わる。

目を細めて刀を抜いた浪人が、

「おう！」

と大きな気合を吐いて、一文字に切先を向ける。右へ足を運び、前に出る。これに応じて五味が下がる。

互いが隙を探るが、

「あたあ」

先手を取って五味が棒を突き出すと同時に、浪人が一文字の構えから八双へ刀を上げ、小さな動きで斬り下ろした。

音もなく、すぱっと、突き棒が切り取られた。

五味が目を瞠る間もなく、敵が胴を払いに来たからたまらない。

「うお!」

五味は後ろへ飛び退り、辛うじてかわした。

動きをぴたりと止めた浪人が、

「宝蔵院流、敗《やぶ》れたり」

にやりと、不気味に笑う。

「ふん、どうかな」

短い棒を握り締めた五味が、ふてぶてしく言い放つ。

一泊の間の後、浪人が猛然と一文字に突いて来た。その切先を紙一重でかわした五味が敵の柄を握り、鋭利に切り取られていた棒を、胸に突き入れた。

「ぐわぁ」

背を反らせた浪人が口から鮮血を噴き出し、大きく見開いた目を天に向けて、ばたりと倒れた。

「動くな!」

五味が声のほうへ視線を上げると、丸二屋が火縄銃を構えていた。

手下が戦っているあいだに、弾を込めていたのだ。

「少しでも動いたら、風穴が開くぜい」

言いながら、じりじりと、下がって行く。このまま逃げるつもりだ。

「どこへ行くのじゃ」

背後でした声に、丸二屋が振り向いた。

薄暗くなりつつある原に、一人の侍が立っている。

「誰だ！」

「…………」

信平が無言で歩み寄る。

「来るな、来ると撃つぞ！」

「黙れ、金で人を殺す外道《げどう》め」

「おのれ！」

筒先を向けた時、信平がくるりと舞ったように見えた。

野原に乾いた銃声が轟き、葦原から、水鳥が飛び上がった。

二人は向かい合ったまま、ぴくりとも動かない。

「信平！」

五味が叫んだ。

「う、うぐ」

喉から血がほとばしり、丸二屋が倒れた。首には、深々と短刀が突き刺さっている。

信平は着流しの左袖から、隠し刀を投げていたのだ。

六

夕陽に紅く染まる葦原を左に見ながら、信平たち六人は深川に帰っていく。

怪我を負った矢島と西尾は、皆で手分けして肩を貸し、足を引きずりながらも、笑顔で歩いていた。

「すまなかったな、西尾」

矢島が、隣で信平に肩を借りている西尾に詫びた。

「おれはてっきり、おぬしが金のためにお駒を襲ったと思っていた」

「いや、謝るのは、おれのほうだ。直接手を出していないにしても、金のために丸二屋の指図に従っていたのは事実だ」

「だが、あの時おぬしがいてくれなかったら、お駒は浪人者に殺されていたのだ。そうだろう」

「それは、まあ」

「ともかくだ」

と、五味が二人のあいだに割って入り、

「巷《ちまた》を騒がせていた殺し屋集団を一網打尽にできたのだ。お前たちには感謝する」

「それはつまり、西尾の件は罪に問わぬということだな」

信平が念を押すと、

「なんのことだ？」

五味がとぼけて言う。

「今日は十手を持っていないからなあ、先ほど見聞きしたことは、忘れちまった。なあ、徳次郎、おめえ、十手は？」

「いけねえ、やくざもんに取られたままだ」

「馬鹿やろう、早く取って来い」

慌てて引き返した徳次郎を待って、ふたたび歩きだす。

十手を見つけて戻って来た徳次郎が、

「しかし、みなさんお強い。あっしは惚れ惚れしましたよ」

さすがは天下の関谷道場の門人だと、徳次郎が感心している。

「それに五味の旦那が、あんなにお強いとは」

「………」

五味がむっとして睨んだ。

「だって、この前やくざ者といざこざがあった時なんて、匕首《あいくち》で十手を飛ばされてたじゃありませんか。えらく弱いお人だと思ってましたが、いやあ、驚いた」

「おれだっておめえ、やるときゃやるさ」

岡っ引きの親分に褒められて、五味が照れたように言う。

二人の会話を微笑ましく見ていた矢島が、

「傷が治ったら、また四人で朝見へ行こうじゃないか」

「お、いいねえ」

弥三郎がすぐに乗ってきて、信平と西尾に返事を促す。

「おれは、かまわぬが」

西尾が嬉しそうに言い、おぬしはどうだと、信平を見て来た。

「もちろん行くとも」

「六人じゃねえのかい」

五味が振り返り、

「今日のことは、この六人しか知らねえことだ。秘密を持った者同士、仲良くしようじゃないか、ねえ、信平殿」

「そうだな」

と答えると、五味が立ち止まり、みなの手を無理やり重ねさせた。

「よし、今日からおれたちは親友だ。隠し事は一切なしだぜ」

「あ、ああ」

みな、引けている。

五味が信平をじっと見つめて、

「約束だぜ」

と言い、にんまりと笑った。

第四話　狐のちょうちん

一

それは、秋の虫が鳴きはじめた頃に起きた。

ある朝、男が、山谷堀《さんやぼり》近くの浅草たんぼの中で目を覚ました。

男は、ここが何処であるのか理解できなかった。たわわに実る稲に身を囲まれ、稲穂の先には、真っ青な空が見える。

「うわ！」

声をあげて起き上がるや、己がふんどし一丁であることに気付いた。

頭も身体も夜露に濡れ、身につけていた物は何一つ見当たらない。

「あれは、夢か」

茫然とうずくまり、夕べのことを思い起こしてみる。

「いや、夢ではない、確かに、この手に女の感触が残っている」

昨夜遅くのことである。

この男、伊予大洲《いよおおず》藩六万石、加藤出羽守《かとうでわのかみ》の家来である久米八太郎《くめはちたろう》は、蔵前で勘定方の役目を終え、浅草にある馴染みの小料理屋で酒を呑み、浅草寺北側の道を通って藩邸に向かっていた。

役目を終えた安心感からつい呑みすぎてしまい、暗い道をふらふら歩いていると、

「もし、もし」

おなごに、背後から声をかけられた。

この道は、藩の者か、藩邸の隣にある寺に用がある者しか通らぬ。ましてこんな夜中におなごが歩いているとは珍しいと思いつつ振り向くと、

「暗い道はあぶのうございます。よろしければ、照らしてさしあげましょう」

思わず息を呑むほど美しい女がそう言って、ちょうちんの灯りで道を照らした。

気遣うように足元に視線を落とし、ゆるりとした足取りで歩む。その姿といい、ちょうちんの淡い光に浮かぶ横顔といい、

この世のものとは思えぬ美しさ――。

月明かりに浮かぶ浅草寺の輪郭が目に入り、八太郎は喉を鳴らして唾を呑んだ。

「ま、まさか」

まるで菩薩のような女を前にして、浅草寺本尊の聖観音菩薩《しょうかんのん》かと、一瞬思ったのである。

誘われるようにちょうちんの灯りについて行くと、いつの間にかたんぼに囲まれた田舎道を歩んでいることに気付き、

「すまぬ、藩邸はこちらではないのだ」

何処に帰るか言っていなかったことを詫び、背を返したところで女に引き止められた。

「少し休んで行かれませぬか」

そう言われて向き直ると、いつの間にか、女の背後に家があるではないか。しかも、桜色のちょうちんが入り口を照らし、なんともいえぬ、妖艶な雰囲気である。

女を見て、八太郎はまた、ごくりと喉を鳴らした。

科《しな》をつくった美人に誘われて、黙って帰る男などいないだろう。

見えない糸で手繰《たぐ》り寄せられるように、八太郎は女について行った。

(あのあと確かに、女と共に床に寝たはずだ)

たんぼの中に裸でうずくまる八太郎は、女の柔肌の感触が残る手を見つめた。

稲穂がそよぎ、肌寒い風に頭を冷やされた八太郎は、重大なことを思い出し、狂ったようにあたりを這い回った。

「し、しまった」

着ていた着物はどうでも良い。先祖伝来の名刀長光《ながみつ》を取られてもかまわない。だが、

「受取状が……、ない」

これだけは、命に代えても守らねばならぬのだ。なくせば、藩にとっては一大事、八太郎の切腹だけでは、事が済まぬ。

「この、たわけ！」

藩邸に戻り、ふんどし一丁で平伏する八太郎の前に、顔を真っ赤にして仁王立ちして怒鳴るのは、大洲藩勘定組頭の大津弘道《おおつひろみち》だ。

「どうするのじゃ、五千両ぞ！」

八太郎がなくしたものとは、藩が札差より借用していた一万両のうちの半分の額を返金したという証《あかし》の書状だった。

「それがしの命をもって、お詫び申し上げます。脇差を拝借」

「汚い手で触るでない！」

伸ばした手を払い、大津が怒鳴った。

「八太郎、貴様のちっぽけな命を絶ったとて、なんにもならぬわ」

「し、しかし」

「死ぬ覚悟なら、江戸中を駆けずり回って受取状を探せ！」

「はは」

「殿が国元から戻られるのは一月後《ひとつき》だ。それまでに見つからなければ、わしも共に腹を切って詫びる」

「大津様……」

「良いな、必ず見つけるのだぞ」

「ははあ」

八太郎は急いで長屋に戻り、着物を着て江戸市中に走り出た。

二

「ざると酒を頼む」

「おれにも同じもんだ」

「で、今の話はほんとなのかい」

「ああ、本当だとも、あれはきっと、狐の仕業だぜ。えらいべっぴんらしいからよ、人間じゃねえって噂だ」

隣の席で語り合う大工たちの話に聞き耳を立てていた矢島大輝が、さりげない仕草でその場を離れ、戻って来た。

「面白そうな話だったのか」

松平信平の隣に座る新田四郎《にったしろう》が訊くと、

「お前には毒だ」

と、にやりと笑い、そばを食べながら、聞いたことを教えた。

新田四郎は関谷道場の門人だが、一月《ひとつき》に四度ほどしか顔を出さない。

七百石旗本の跡取りで、父親と関谷天甲が親しい縁で、屋敷がある湯島から舟で通《かよ》って来る。

美味しいそばを食べたいと言うので、稽古のあと矢島の案内で黒江町《くろえちょう》のそば屋、元《げん》庵《あん》の暖簾を潜ったのだが、そこで、面白い話を聞いたのである。

「狐のちょうちんだと？」

「馬鹿、声がでかい」

矢島が慌てたが、新田の声に、大工たちが不快そうな目を向けてきた。その大工に向かい、

「兄さんたち、詳しく教えてくれねえか」

遠慮のない新田が、にやにやして言う。

銚子を持って行き、それぞれに注いでやると、大工たちも悪い気はしないものだから、知っていることを全て話した。

しまいには合流して、狐のちょうちんの話で、大いに盛り上がったのである。

大工の話によると、浅草の蠟燭問屋の手代が、下谷の寺に注文の品を届けた帰り道に、ちょうちんを持った女に声をかけられ、誘われるままついて行ったのだが、朝目が覚めるとたんぼの中で寝ていたらしい。

「素っ裸で田の中に寝ていたそうだが、これがまた良い女だったらしくってな。手代の奴、店の金を取られてこっぴどく叱られたというのに、嬉しそうな顔してやがったらしい。よっぽど良い思いをしたんだろうなぁ」

大工が調子に乗って言うものだから、新田が鼻の穴を膨らませて、目をぎらぎらと輝かせている。

信平はその顔を見ながら、

（猿のような……）

と思っていた。

「なあ、信平」

その猿から、

「一度行ってみるか、どうだ」

と、誘われた。

矢島は、お駒という恋女房がいるから駄目だと、誘いを断ったのである。

夏に起きた葦原の斬り合いのあと、矢島が生きて戻ったことで、兄の基休は善衛門との約束を守り、二人の仲を認めたのだ。矢島は浪人の身となったのであるが、関谷道場の師範代をしながら、お駒と共に、仲良く暮らしている。

「なあ、信平、行ってみようではないか」

「ふむ……」

信平が返事に困っていると、

「あ、駄目ですよ新田の旦那、一人じゃないと、出て来ないらしいですぜ」

「そうなのか？」

「ええ、そういう噂です。あと、貧乏人が分かるらしくってね、あっしらみたいなのが何べん行こうが、出て来やせんから、なあ、ごん助《すけ》」

「ええ、そうですとも。あとね、大事なもんは置いて行こうなんてせこいこと考えてたら、出ないらしいですよ」

「全てお見通しというわけか」

「不思議でしょう、だから狐の仕業だと言われてるんで」

「ふうん」

「ばかばかしい」

そんなことがあるものかと、矢島が笑った。神仏を信じぬと言う矢島らしい態度だが、狐丸を腰に下げる信平は、少しばかりこの噂に興味を持って聞いていた。

(刀鍛冶の相槌を打つ狐がいるのだから、人を化かす狐もいるかもしれぬ)

本気でそう思っているのである。

「よし、決めた」

新田が膝を叩いて、

「おれがその正体を暴いてやる。どうだ、その女が狐か泥棒か、賭けぬか」

信平と矢島を交互に見て、誘った。

「面白い、おれは泥棒に一分《いちぶ》だ」

矢島が言い、信平に振って来た。

「では、麿は狐に賭けよう」

「おれも狐だ」

新田が言うと、

「よし、もらった」

矢島が泥棒と決め付けて、儲かったと喜んでいる。

大工たちは賭けには参加せずに、どうなるのか楽しみだと、期待に胸を膨らませていた。

三

信平がみなと別れて富川町の屋敷に帰ると、客が来ていた。

信平を出迎えたお初が、葉山善衛門を訪ねて若い侍が来ていると言う。

玄関の小間から左の廊下に向かうと、二人は表側の八畳部屋で話していた。

「殿、お帰りなさい」

善衛門が言うと、若い侍が信平を見て、驚いたような顔をしている。

長い髪を後ろで一つに束ね、若衆髷にした信平は、今日は柿色の単衣の上に白の狩衣を着て、紫の指貫を穿いている。

地味を良しとする武士にとっては考えられぬ色使いの衣装だが、この信平が着ると嫌味なく、見る者の目を引きつけるのだ。

「先ほど話した、鷹司松平信平様じゃ」

「ははあ」

善衛門が言うと、若い侍は平伏した。

「大洲藩主、加藤出羽守に仕える久米と申します。以後、お見知りおきのほどを」

「信平じゃ、ゆるりとされて行かれるがよろしかろう」

頭を下げると、信平は自分の部屋に向かおうとした。

「殿も、よろしければ話を聞いてやってくださらぬか」

「うん？」

「この者の父親とは碁仇なのですが、この年寄りの顔を見に来てくれたのかと思えば、ちと、不可解なことを申すものですから」

「……聞こう」

善衛門の尋常でない様子に、信平は腰を下した。

浅草たんぼで起きたことを聞いた信平が、これに似た話をそば屋で聞いて来たばかりだと言うと、八太郎が目を丸くした。

「狐？　ですか……」

ものの怪《け》の仕業と聞き、がっくりと肩を落とした。

「その噂どおり、この世のものとは思えぬ美しきおなごでありました。わたしには、菩薩に見えましたが」

「菩薩が、身ぐるみをはがしたりはするまい」

信平が言い、続けて質問をした。

「その受取状が出て来なければ、どうなるのだ」

「札差に五千両を返金した証を失ったことになり、残りの五千両を返しても、借用書を返してもらえないのです」

借りた一万両を二度に分割して返金するため、返金の証である受取状が二枚揃っていなければならないのだ。

「一月《ひと》後には、残りの五千両を持って、殿が国元から戻られます。その時に受取状と五千両を札差に持って行くことになっていますので、それまでに探し出さねば……」

「……どうなるのだ」

「それがしは切腹となります。いや、それがしの命などどうでも良いのです。自分のせいで、上役の大津様まで切腹になるのは忍びない」

「そこで、なんとか大津殿の命を救ってくれと、この老いぼれを頼って来たというわけですのじゃ」

善衛門は困ったと言いつつ、頼られて嬉しそうだ。当てがあるのかと信平が訊くと、

「出羽守はまれに見る名君でございましてな。正直に申せば命までは取られまいが、問題は家老たちでして、特に、なんと申したか、あのごうつく張りは」

「江戸筆頭家老の、古村《こむら》様では」

「そう、古村じゃ、あの男が許すまい」

善衛門が本丸御殿で家光の世話をしていた頃に一度だけ会ったことがあり、古村のことは知っているという。

「その古村某《なにがし》には、まだ知られていないのか」

信平が訊くと、こたびは、出羽守と共に国元に帰っているという。

「ただ、次席家老の三田貞篤《みたさだあつ》様のお耳には入っております」

「で、三田殿はどのように申した」

「このことは、三人だけの秘密にしておく。殿が戻られるまでに探し出せば、不問に

すると」

「そうか」

「なんとも、慈悲深いお方じゃのう」

善衛門が感心して言うが、信平の考えは違っていた。

「その反面、藩の者を頼れぬということであろう」

「……はい」

善衛門が、気を落とす八太郎の肩を叩き、

「ぎりぎりまで、あきらめずに探してみよ。わしも手を貸すゆえ、安心いたせ」

と言って、信平を見て来た。

「……麿も、できるだけ手をつくしてみよう」

「あ、ありがとうございます」

畳に頭を擦りつけて喜び、女を探しに行くと言って、八太郎は帰って行った。

見送りは善衛門に任せて、信平は自分の部屋に入った。

お初が淹れ替えてくれた茶を含み、舌で転がすようにして香りを楽しみつつ、考えている。

「なあ、お初」

「はい」

「今の話を、聞いていたであろう」

「はい」

「どのように思った」

「……さあ、分かりませぬ」

「噂どおり、狐の仕業であろうか」

「信平様は先ほど、そのような物は、身ぐるみをはがしたりはせぬとおおせでしたが」

「それは、菩薩様であればのことじゃ」

「では、狐の仕業と、本気でお思いですか」

「ふむ……」

信平は、刀掛けに置いた狐丸を見る。

「ないとは、言えぬな。時に、この世には不思議なこともあるのだ」

「…………」

お初は何も言わず、信平が見つめる狐丸に目線を向けた。

戻って来た善衛門が、二人で何を見ているのかと言いつつ、庭を背にして座る。

「殿」

「うん？」

「明日一日、お暇をいただきとうござる」

「麿には許す許さぬと言う権限はないが」

「明日は浅草周辺の刀剣屋と質屋を歩いてみようと思いましてな」

信平の言葉は無視して、善衛門が言う。

「質屋を？」

「八太郎は久米家伝来の備前長光を奪われておるので、売って金にしてはおるまいかと。もし見つかれば、盗人のことが何か分かるかもしれませぬ」

「では、麿も行こう」

「はは」

その言葉を待ってましたとばかりに、善衛門が威勢よく答えた。

浅草に行ったことがない信平は、好奇心を刺激されて、目を輝かせた。

四

「姫、姫様」

中年の侍女が、血相を変えて屋敷の廊下を走っている。

その廊下の外には広大な日本庭園があり、池のほとりに立つ松の大木が、見事な枝ぶりを見せている。

庭の森に姫を呼ぶ声が重なり、木々のあいだに、人探しをする家来たちが見え隠れしている。

「いたか」

「いえ見当たりませぬ」

せわしく言葉を交わし、姿を消した姫を探して歩き回っているのだ。

屋敷が大騒動になっているその頃、浅草寺の本堂に手を合わせる娘がいた。

長い祈りを捧げた娘が、静かに息を吐いて背を返すと、

「姫様、お待ちください」

隣で共に祈りを捧げていた若い侍女が、慌ててあとを追う。

「姫様……」

「その呼び方をしては良くないのでは？」

「申し訳ありません姫……、いえ、その、なんとお呼びすれば」

「松で良《よ》い」

「はい、では、お松様」

「様はいらぬ」

「呼び捨てなど、とんでもございませぬ」

「とにかく、姫と言うてはならぬ。今はこのとおり、町娘じゃ」

にこりと笑う松姫が、紅い牡丹の柄《がら》が雅《みやび》な白い振袖を振って見せた。一本の乱れもない髷に差した紅珊瑚の簪《かんざし》と鼈甲《べっこう》の蒔絵《まきえ》櫛が、曇りなき乙女の瞳に花を添えている。

侍女の糸《いと》は不安げな顔をした。紀州徳川家の姫が、藩主頼宣の外出禁止命令を破って屋敷の外に出ているのだから無理もない。

松姫の実父である頼宣はともかく、姫がこのように江戸市中を出歩いているなどということが鷹司家に知られでもしたら、大事《おおごと》である。

松姫と信平がすでに夫婦であることを知っている糸は、不安でたまらないのだ。

「糸、そなたも今はわらわの侍女ではなく、元の町娘であるぞ。そのように難しい顔をするでない」

「……はい」

「そうじゃ、わらわは今から桔梗屋《ききょうや》の娘になるぞ」

「桔梗屋の？」

「お松と呼べぬなら、わらわのことをお嬢様と呼ぶが良いぞ」

嬉しげに言うと、松姫は軽やかな足取りで歩み、意気揚々と、浅草寺門前を行き交う人混みの中へ入って行く。

あとを追う糸は、通りの向こう側に桔梗屋の看板を見つけて、姫の思いつきにはついていけぬとばかりに、小さなため息をついた。

その姫が、ふと、足を止めた。何かを見つけたのか、人の背中を追うように顔を向けている。

「お嬢様、いかがされましたか」

「うん」

松姫は、何かに引かれるように歩みだした。

「お嬢様？」

姫の背中を追った糸の目に、白い狩衣に立烏帽子の後ろ姿が飛び込んで来た。松姫は、その公家のあとを追っている。

信平が公家の姿で町を出歩いていることは、紀州徳川家の者はみな知っている。ただ、あるじ頼宣が信平を嫌っていると信じている家臣たちのあいだでは、

「まるで化け物のような男」

そう噂され、その噂は、姫の耳にも届いていた。

大勢の人が行き交う道を堂々と歩く公家の男を見つけた松姫は、我が夫に違いないと確信し、噂どおりの化け物であるのかを、自分の目で見ようとしているのではないか。

気になった糸は、姫に話しかけた。

「お嬢様、あれが噂の、鷹司様でありましょうか」

「静かに！」

「はい」

やはりあの公家を追っている。糸は、黙って松姫に従った。

颯爽《さつそう》と歩む公家の男が、ふと、立ち止まった。随身門《ずいじんもん》（二天門）の手前から、五重塔を見上げている。横顔だけでもはっきり見えるかと近づくが、また背を向け、北に向かって歩きだす。

北馬道町《きたうまみちちょう》に並ぶ店を見ながら歩いていたが、小さな団子屋の前でふたたび立ち止まり、中の様子を窺いだした。

松姫はそこでようやく追いつき、歩みを遅くして探るように近づいて行く。だが、いざとなったら怖気づいたのか、立ち止まってしまった。

「お嬢様、この糸が声をかけますから、ここから見ていてください」

「いや、わらわが話しかける」

意を決した様子で、松姫が近づいて行った。声をかけようとしたその時、背後にただならぬ気配を感じたのか、公家の男が振り向いた。

松姫は両手で口を塞ぎ、出そうになる声を必死にこらえた。

「ふんがぁっ！」

奇妙な声を出したのは、糸のほうだ。

顔の白塗りはむらになっていて、すっかり剃り落とされた眉の上に墨で高眉《たかまゆ》が書かれている。開けているのか寝ているのか分からぬ目で松姫を見るや、鉄漿《おはぐろ》を出し、男がにやりとした。

「麿に、何か御用でおじゃるか」

そのあまりの醜さに、松姫は気絶寸前だ。助けねばと、糸が前に出る。

「申しわけございませぬ。さ、お嬢様、行きますよ」

茫然とする松姫の手を引っ張り、糸は走った。商家の角を曲がったところで止まり、物陰からそっと顔を覗かせると、公家の男は何事もなかったように歩きだしていた。

「公家とは、あのような化粧をしておるのか」

この世の終わりのような顔をして、松姫が言う。

「ひ、姫、お気を確かに。あの化け物……、いえ、あのお方が鷹司様かどうか分かりませぬのですから」

「でも、あの化粧……、公家とは、殿方でも化粧をするのだと父上が申されていた」

「それは、まあ」

糸はどのように慰めたら良いのか分からなくなり、

「さ、もうお屋敷に戻りましょう姫様。市中にいても、良いことはありませぬから」

手を取り、通りに歩みだそうとしたが、松姫は一歩も動かなかった。

「姫？」

糸は血相を変えた。

「姫、いかがされましたか、姫」

「うぅ」

松姫が真っ青な顔をして、腹を押さえている。

「姫、お腹が痛いのですか」

「…………」

声も出せないのか、松姫が眉根を寄せて頷いた。

これは一大事と、糸が助けを求めて叫ぼうとした時、

「いかがされた」

背後から声をかけられ、

「姫、いえ、お嬢様が、急に……」

振り向いた糸が、ぎょっとして息を呑んだ。

若衆髷に白い狩衣を着た男が、腹をかかえてうずくまる松姫の肩に手を掛け、様子を窺っていた。

「腹が、痛いのか」

優しい声音で呼びかけたが、松姫が答えないので糸に顔を上げた。

「いつからだ」

「…………」

訊かれた糸は、その美しい顔にうっとりとするばかりで答えない。

「つい、さきほど、から」

松姫が苦しげな声で言うと、

「そうか」

応じた男が、背後の老武士に言う。

「善衛門、腹痛の薬を出してくれぬか」

「おお、待たれよ」

「そなたは水を、いや、できればぬるま湯が良い。どこぞで貰って来てくれぬか」

言われた糸は、弾かれたように背を返し、先ほどの団子屋に走った。

糸が湯を貰って戻ると、老武士が腰の印籠から粒薬を出し、公家に渡した。

「さ、これを三粒飲みなさい。すぐ楽になる」

手から手に黒い粒薬を渡し、松姫が口に含むと、糸から湯飲みを受け取り、少し口をつけて熱さを確かめたうえで、松姫の口元に湯飲みを近づけた。

「少し、どこかで休んだほうが良い」

「でしたら、この先に団子屋が」

糸が言うと、公家の男は軽々と松姫を抱き上げた。

「案内いたせ」

「こ、こちらです」

団子屋の主《あるじ》に事情を話すと、それは気の毒にと、奥の座敷で休ませてもらえることになった。

薬がすぐに効いたらしく、公家の男に奥の座敷に下ろされた松姫は、痛みも和《やわ》らいだと言い、顔色も良くなっていた。

「では、我らは先を急ぐので」

公家の男が言い、その場を立ち去ろうとしたのを、姫が呼び止めた。

「あの……、お名前を」

「松平と申す」

「松平、様」

「……では」

背を返す信平に、松姫は声をかけることができないでいる。病気と偽りを述べて嫁入りしておらぬ以上、自分が松だとは、言えるはずもない。

糸はそう思ったが、松姫の思いは違っていた。

偶然町で出会った我が夫のあまりの美しさに、声をかける勇気を失っていたのだ。

「姫、あのお方は」

糸が、恐る恐る声をかけると、松姫が即座に答えた。

「間違いない。あのお方が、信平様です」

「まあ、なんと美しいお方なのでしょう。しかも、お優しい。姫をこう軽々と抱き上げられて……」

糸が姫を抱く真似をして、

「案内いたせ」

と、声音まで変えて言い、うっとりとしている。

松姫は、先ほど信平の腕に抱かれたことを思い出し、真っ赤になった顔を振袖で隠した。

五

「殿、どうされたのです、ぼぉっとされて」

善衛門に指摘されて、信平は我に返った。浅草で助けたおなごの感触が手に残り、甘い香りがまだ鼻に残っている気がする。

遠くを見つめる信平の顔を、善衛門が覗き込む。

「美人でしたからなぁ」

「うん？」

「昼間に助けたおなごのことを考えておられたのでは？」

「…………」

図星を突かれ、信平は顔が熱くなった。

「わぁっはっはぁ、無理もない無理もない、年頃の男が、おなごをこうして、諸手《もろて》に抱いたのですから、ぐふふふ」

両手でおなごを抱き上げた真似をして見せて、喜んでいる。

「殿の奥方様も、あのように見目麗《みめうるわ》しき姫であれば良いですなぁ」

「そのようなこと、考えてはおらぬ」

「まことに？」

「まだ見ぬ妻の容姿を考えたとて、どうにもならぬことじゃ」

「そうでござるな。なにせ松姫様は、あの頼宣公の娘御じゃからなぁ」

期待するなと善衛門に言われ、信平の脳裏に頼宣公の顔が浮かんだ。それと同じ顔の姫が振袖を着ている姿を想像してしまい、思わず身震いする。

頭を振って脳裏に浮かぶ恐ろしき光景を消すと、信平は前に置かれた刀に手を伸ばした。今は、おなごのことを考えている場合ではない。

「この備前長光は、八太郎の物であろうか」

話題を変えると、善衛門もすぐに応じた。

「間違いありますまい」

最後に立ち寄った浅草の質屋に、この長光があった。店主が言うには、質に入れられた日は、八太郎が狐に化かされた日の翌日である。持って来たのは無頼者の男で、初めてではなく、他にも何点か、持ち込んでいるらしかった。

信平は懐紙を口にくわえ、長光を引き抜いた。

手入れが行き届いており、刀身に錆の染みひとつない。

碁仇の倅の為ならと、善衛門が大枚八十両をはたいて取り戻したのだが、これが八太郎の物であるかは、まだ分からない。

「明日になれば、はっきりしましょう」

善衛門は明日、八太郎を手伝う約束をしていると言う。二人で札差の仙石屋《せんごくや》を訪ねて、事情を話してもう一度受取状を書いてくれと、頼むつもりなのだ。

ぱちりと刀を納めた信平は、善衛門に返した。

「この長光を質に入れた無頼者が狐の一味なら、奴らにとっては何の価値もない受取状など持ってはおりますまい」

今頃は何処かに破り捨てていると、善衛門は言った。

翌日、浅草に出かける善衛門と別れて、信平は道場に向かった。札差の所へ共に行こうかと言ったが、鷹司松平家の当主が大名家の借財のことで頭を下げるなどもってのほかと叱られ、それもそうだと思いなおして、道場に行くことにしたのだ。

関谷道場は相変わらずの盛況ぶりだ。

気合と木太刀がぶつかる音が響く稽古場に入ると、誰かに袖を引っ張られた。振り向くと、矢島が顔を貸せと言う。

稽古場から出ると、矢島が薄笑いを浮かべて言った。

「今日は稽古に来ると言っていた新田が来ていない。あいつ、やられたんじゃないか」

「しまった」

「しまったとは、どういう意味だ」

「おなご一人の仕業ではないかもしれぬのだ」

信平は、奪われた刀が質屋に入れられていたことを話した。

「なるほど、仲間がいるってことか」

「おそらく……」

　二人が話していると、ふらりと新田が姿を現した。

「なんだ、二人とも」

　信平と矢島がいたので、ぎくりとした様子で言う。

「来たか、新田」

　矢島が言うと、新田が顎を引く。

「お、おう」

「稽古場に姿がなかったので、狐に化かされて寝込んでいるのかと思ったぞ」

　矢島がからかうように言うと、新田が急に目をそらし、そそくさとその場から離れようとした。

「なんだ、図星か」

「おい、まさかお前……」

　矢島が問い詰めると、新田が立ち止まった。

「……」

「やられたのか」

「……」

新田が、無言でこくりとうなずいた。

矢島は吹き出しそうになる口を手で押さえて、信平に目を向けた。

「笑いたければ、笑え」

ふて腐れた新田が行こうとするのを信平が引き止めた。

「どのような目に遭ったのか、詳しく聞かせてくれぬか」

「こんな所で話せるか」

「では、昼に朝見へ行こう」

「おい、あの料亭か」

矢島が目を丸くするので、夏の件以来、時々足を運んでいることを白状した。

「この野郎、女将と良い思いをしているな」

「馬鹿を申すな。酒の呑み方を教わっているだけだ」

「酒に呑み方などあるものか、言い訳をしおって」

「嘘ではない」

「まあいい、あとで俺が確かめてやる」

などと矢島が息巻いているが、本当のことを述べている信平に動揺はない。

三人で料亭朝見を訪れたのは、午前の稽古を終えたあとだ。

「まあ、矢島様、お久しぶりにございます」

迎えた女将の艶やかさに、信平のことを訊くと言っていた矢島はすっかり舞い上がり、恋女房は元気かと逆に質問されて、顔を赤くしていた。

軽い食事を用意してもらい、信平が新田に酒をすすめる。

一息に盃を空けた新田が返すと、信平も一息に呑み干した。

「ほう、呑めるようになったか」

矢島が言うので、まだまだ弱いと言った信平が盃を置き、新田に顔を向ける。

「して、狐とは、どのようになったのだ」

「うん……」

酒を一口含み、新田は答えた。

一昨日の夜、新田は一人で浅草寺の周囲をうろついてみたらしい。一刻（二時間）粘ったが何も起きないため、あきらめて帰ろうとした。暗闇にぽっと灯りが浮いたのは、そんな時だった。

「もし、もし」

女に声をかけられた新田は、噂どおりの美貌にすっかり我を失い、ついて行ったと言う。

「それで、どうなったのだ」

矢島が身を乗り出して訊く。

「気付いたら、たんぼの中だった。素っ裸でな」

一瞬間《ま》が空《あ》き、矢島が大笑いした。

「おう、笑え笑え」

新田がふて腐れて酒をあおり、

「取られたのは錆が浮いた鈍刀《なまくらがたな》と二両だけだ、惜しくはない。だがな、噂どおりの、良い女だったぜ」

と、自慢する。

「なんだと」

矢島が胸ぐらを摑まんばかりに迫る。

「お前、狐と寝たのか」

「狐なものか。あれは、見目麗しきおなごだ。人間のな」

うっとりとした顔で言う。

「……ほれ」

矢島が手を差し出した。

「なんだ」

「なんだじゃねえ。たった今人間だと言っただろう。賭けはおれの勝ちだ」

「あっ」

「一分出しな。信平もだぞ」

二人から一分ずつ頂戴した矢島が、今夜は恋女房に旨いものを食べさせてやると言って喜んだ。

「他に、何か気付いたことはないのか」

信平が訊くと、新田は真面目な顔となり、

「……さあ」

と、間抜けな声を出した。

聞けば、布団に入って良い思いをしたまでははっきり覚えているが、いつ眠り、いつ外に放り出されたのか覚えていないという。

「何をどうされたのか、まったく覚えておらぬのか」

「うむ。昨日は明るいうちに浅草たんぼに行って見たのだが、同じような茶屋があるばかりで、何処に入ったのかすら分からぬ」

「待て、茶屋に入ったのか」

「おそらくそうであろう。被害に遭ったという侍が必死に聞き込んでいたので、あのあたりの茶屋に連れ込まれたのだ」

その侍は八太郎だろうと、信平は思った。

「酒に眠り薬でも入れられていたか」

矢島が言うと、新田は顔を横に振った。

「いや、女も同じものを呑んだので、それはあるまい」

落ち込むというよりむしろ自慢げに言う新田を見て、矢島は呆れている。

蠟燭問屋の番頭もそうであったように、被害に遭った男が自慢したくなるほど、女に良い思いをさせられているのだ。

信平が夕刻に屋敷へ帰ると、程なくして善衛門も帰ってきた。帰ってきたが、非常に不機嫌であり、口をむにむにとやりながら、なにやら小言をいっている。

備前長光は八太郎の物ではなかったのかと訊くと、

「いえ、八太郎の刀でござった」

「では、頼み事を断られたか」

「仙石屋の主《あるじ》めが……」

涼しい顔をして、五千両を受け取っていないと、言ったらしい。

五両ならともかく、荷車を横付けして、千両箱を五つ運び込んでいるのだ。店の者も見ているはずなのに、誰もが知らぬと言い張る。

ならば運搬に雇った人足を証人にと、口入屋に走ったが、口入屋は口入屋で、そのような人足はいないと言い張った。

「あの狐のちょうちんなる輩は、仙石屋とつながっておるのではないですかな」

「十分考えられるが、証拠がない」

「さよう、受取状もないのですから、八太郎に勝ち目はござらぬよ」

これでは腹を切ることになると、善衛門は焦っている。

連日被害者が出ているが、武家の意地が邪魔をして、誰も被害届を出していない。新田にしても、家の者には何も話していないのだ。

「あの仙石屋の、武士を武士とも思わぬ高慢な態度は、腹に据えかねる。腹を切ることになるのだと申したら、知らぬことだと、鼻で笑いよった」

善衛門はよほど腹が立ったのだろう。仙石屋の仕業に違いないと何度も言い、手で膝を叩いている。

「仙石屋の仕業に、間違いないのだろうか」

「八太郎が嘘を申しているとお思いか」

「いや、そうではない」

「仙石屋の仕業に決まっておりますぞ、五千両を何処かに隠しているに違いないのです」

「では、証拠を手に入れに行くか」

「なんと申されます」

「八太郎から刀を奪った者どもを捕らえるのじゃ」

「いけませぬ。殿に何かあったら、それこそ一大事」

「では、八太郎が腹を切ってもよいのか」

「それは……」

「藩の手助けも受けられず、一人で苦しんでおるのだろう」

「は、はい」

「ちと、気になることがある。これより八太郎の元へ行き、確かめてもらいたきことがある」

信平は善衛門にあれこれ指示を出し、続いて、お初を呼んだ。

静かにひざまずくお初は、信平が何を頼もうとしているか分かっていたらしく、力の籠もった目を向け、信平の言葉に頷いている。

六

その夜は月が美しく、庭では松虫《すずむし》がよく鳴いていた。

蠟燭のともし火が、見事な墨絵が描かれた襖に写る二つの影を揺れ動かしている。

出された膳の料理を黙然とつつき、箸を忙しく口に運ぶ二人の男は、廊下に現れた一人の商人に気付くと、箸を止めた。

上座に座る男が、黙って頭を下げる商人を見据え、膳の盃を差し出した。

「仙石屋、まずは呑め」

「はい、では、頂戴いたします」

朱色の小さな瓢簞《ひょうたん》から酒を注がれると、仙石屋は押し頂くようにして、口に流し込んだ。

「例のこと、まことにうまくいくのであろうな」

「それはもう、万全にございます。世間は、狐の仕業だと噂しているようで」

「うむ、それは好都合じゃ」

「はい。しかし、良い手を考えられましたな。三田様」

仙石屋に褒められ、三田貞篤が唇をゆがめて笑った。

「狐どもは、先夜はどこぞの蠟燭問屋の番頭を騙して、思わぬ大金を手に入れたと喜んでおりました」

「うむ、そうか。数を重ねることで、我らのたくらみも表に出難くなるというものじゃ」

「ご家老、あまり度が過ぎますのもどうかと、そろそろ、町方も出張《でば》って来ましょう」

下座にいる家来らしき男が心配げに言うと、上座の三田は余裕の笑みを浮かべた。

「まあ、今のうちに稼がせてやれ。あと十日もすれば、例の五千両は我らの物になる。さすれば、あの者たちは用済み。あの世に旅立つまで、しっかり遊ばせてやるが良い」

「はは」

「久米はどうしておる。まだ受取状を探しておるのか」

「はい、市中を走り回っているようで」

「奴もあと十日の命じゃ」

「はい」

三田は盃の酒を呑み干し、膳に戻した。

「のう、大津よ」

「はは」

「受取状探しなどさっさとあきらめさせろ。腹を切らせる前に、女でも抱かせてやったらどうじゃ」

「あの者には受取状をなくした罪だけではなく、五千両を着服した罪も被ってもらわねばなりませんので、まだまだ追い詰めまする」

「大津様、そのことでしたら、うまく事が運んでおりますぞ」

仙石屋に言われて、大津が表情を明るくした。

「来たか、おぬしの所に」

「はい」

仙石屋が莞爾《かんじ》として笑い、話を続けた。

「久米殿が爺《じじい》を連れて、受取状を再発行してくれと頼みに来ましたので、金など受け取っておらぬと言って、追い返してやりました」

「そのようなことを申して、大丈夫なのか」

「はは、三田様、これは、大津様の筋書きどおりのことでございますよ」

「うん？」

「店の者も、荷を運んだ人足たちも同じ穴の狢《むじな》。みな、金など知らぬ、運んではおらぬで通したところ、久米殿は泣きそうな顔をして、帰って行きました。これで、久米殿が五千両を着服したことになりますぞ」

「なるほど、これは良い。二人とも、良くやってくれた」

「ははあ」

「しかし、その爺が気になる。何者であろうか」

「久米の知り合いに、大した人物はおりませぬ」

大津が言うと、

「それもそうじゃ」

三田が睨むような目をしてくっくっと笑い、仙石屋の酒を受けた。

酒を注ぎ終えた仙石屋が、

「仕込みは万端。あとは、殿様がお戻りになるのを待つだけ」

「楽しみじゃの」

「果報は寝て待てと申します。今宵は綺麗どころを用意しておりますので、お二人とも、たっぷりとお楽しみくださいい」

抜け目のない表情で言うと、仙石屋が手を打った。

廊下に数名の芸者が流れるように姿を現し、その場にぱっと花が咲く。

隣の部屋には、女中に化けたお初が忍んでいたのだが、これに気付く者は、誰一人としていなかった。

七

「なるほど、そういうことか」

信平は、朝になって戻って来たお初から、事のからくりを聞かされた。八太郎は、周到に計画された悪事の罪を着せられようとしている。

「さて、どうするか」

思案した信平は、程なくある考えに至り、急いで書状をしたためた。

「お初」

「はい」

「麿は夕刻に出かけるが、今夜は戻らぬやもしれぬ」

「どちらへ」

「うん、動かぬ証拠を、手に入れにな」

「まさか、狐のちょうちんなる噂の所へ行かれるのでは」

「…………」

「相手は美しきおなご……」

答えないでいると、お初が厳しい目を向けて、

「……騙されますよ」

声音を低くし、恐ろしげに言う。

「心配いらぬ。相手は狐ではなく人だ。騙されはせぬ」

「わたくしも参ります」

「いや、一人でないと出て来ぬのだ。それより、善衛門の帰りを待って、これを、届けて欲しい」

書状を渡すと、

「どちらに」

「ふむ、実はな……」

信平は、お初の耳元で囁いた。鬢付け油の香りに混じり、ほのかに花の香りがする。

伝え終えると、お初は一瞬目を丸くしたが、すぐに笑みを浮かべ、承知した。

　信平は、赤い単衣の上に白い狩衣を着、腰に狐丸を下げて出かけた。一人で川舟に乗ると、夕闇が迫る大川をさかのぼり、山谷堀に架かる今戸橋《いまどばし》を潜って舟宿に入った。

そこで夜がふけるのを待ち、浅草の町へ出る。

　酔客が大勢いる通りを選んで歩き回り、途中から酒に酔った真似を始めると、浅草寺横の道に入り、北上した。

　北側の道に曲がるや、途端に人気《ひとけ》がなくなる。右手は百姓地が広がり、左は浅草寺の建物が黒い影を浮かせている。

　今宵の月は雲に隠れ、道は真っ暗であった。それでも、信平は先へ進む。

　人気《ひとけ》に驚いた鳥がたんぼの中で羽ばたくのが分かったが、何処にいるのかは見えない。

　声をかけられたのは、その時だった。

「もし、もし」

　透き通るような女の声が背後でしたので振り向くと、いつの間にか、ちょうちんの淡い灯りが近づいていた。信平をもってしても、その気配にまったく気付かなかったのである。

「暗い道はあぶのうございます。よろしければ、照らしてさしあげましょう」

そう言って近づいた女は、噂どおりの、美しいおなごであった。狐が化けたと思えるほど肌の色が白く、妖艶である。

「照らしてさしあげましょう」

おなごはもう一度言い、足元を照らした。

「では、頼もうか」

信平は、おなごのちょうちんを頼りに歩を進めた。それから半刻あまり歩いたであろうか、どこをどう歩いたのか分からなくなり、いつの間にか、細い道を歩かされていた。不思議なことに、途中の記憶がない。

「ここは、何処じゃ」

「こちらではございませぬのか」

と、女が言う。

「ちと、違うようじゃ。引き返そう」

信平は気味が悪くなり、背を返した。

「あの、もし」

呼び止められて振り向くと、女の背後に、桜色のちょうちんが二つ灯り、淡い光を放っている。

「よろしければ、休んでいかれませぬか」

「いや、しかし」

「休んでいかれませ」

優しく腕を摑まれた。すがるような目を向けるのが、気になった。

「では、少しだけ」

誘われるがまま、信平は女のあとに続いて、入り口を潜った。

紅色の壁に囲まれた廊下を歩み、奥の部屋へと通される。

部屋に入ると、女は笑みを浮かべて、別室の襖を開けて見せた。壁の色よりさらに鮮やかな紅色の布団が敷いてある。

女は線香に火をつけると、信平の手を取り、そちらに誘った。帯に手を回して自ら解きはじめ、妖艶な目でじっと見つめ、着物を脱いでいく。

全てを脱ぎ捨て、女の白い肌が露わになった時、信平はつんと鼻を突く匂いに気付き、

「しまった」

慌てて、部屋を飛び出した。

飛び出した時には、すでに足がふらつき、目まいが始まっていた。それでも、これ

以上嗅がぬために、急いで外へ出た。

「おやおや、兄貴、鴨が出て来やしたぜ」

「ち、あの女《あま》、しくじりやがったな」

無頼者が二人現れ、建物の中から、更に四人現れた。

信平は辛うじて目が見えているが、人物が歪んでいる。

「ちったあ、線香に仕込んだ薬が効いているようだな。大人しくしてりゃ、命まではとらねえぜ。おう」

着ている物をはぎ取れと命じると、四人が近づいて来た。

「うへへ、こいつの刀は、俺が目を付けたんだ。どうでい、見るからに高そうじゃねえか」

「酔って町を歩いているおめえがいけねえんだぜ」

などと言い、近づいて来る。

一人が信平に手を伸ばした瞬間、

「いぎゃあ」

男のけたたましい悲鳴が、暗闇にあがった。

信平に手を伸ばした男が、指を斬り落とされた手を顔の前にして悲鳴をあげている。

「野郎、何しやがった！」

仲間が飛び退り、懐の匕首を抜いた。

「おぬしらに、ちと聞きたいことがある。正直に話せば、命までは取らぬぞ」

「ふん、薬が効いた身体でおれたちとやろうってのかい」

信平は左手を顔の前に上げて、狩衣の袖からのぞく隠し刀を見せる。

「しゃらくせえ」

無頼者が匕首で斬りかかってきた。

信平はひらりとかわし、前に出る。その背後で、腕の皮膚を割かれた男が悲鳴をあげて匕首を落とした。

兄貴と呼ばれた男に迫る信平を、手下どもは止めることができない。腕を斬られ、足を払われて悲鳴をあげ、地べたで悶絶している。

一瞬で手下を倒した信平が、兄貴と呼ばれた男の鼻先に左手を伸ばし、隠し刀の切先を突きつけた。

「ま、まて、き、斬るな、斬るな」

「大洲藩士から証文を奪えと、仙石屋に頼まれたであろう」

「そ、それは」

「証文は何処にある」

「…………」

信平が鋭い目で睨みつけた。

「正直に申さねば斬る」

「い、言います。言いますとも」

無頼者は観念し、懐から油紙の包みを取り出した。

「これが、そうで……へへ」

震える手で渡されたものを開くと、確かに受取状だった。仙石屋から燃やすように命じられていたにも関わらず、いざというときのために持っていたと言う。

無頼者も馬鹿ではない。いつか口を封じに来ると、警戒していたのだ。

「麿の手の者が申すには、大洲藩江戸家老はそちの口を封じるつもりであるぞ。命が惜しければ、明日にでも江戸から出ることだ。よいな」

「へへぇ」

無頼者が手下に向かって、

「野郎ども、旦那の言葉を聞いたな。長居は無用だ、ずらかるぞ」

「へい！」

手を押さえ、足を引きずり、一味が逃げようとする。

「待て」

「へ？」

「中にもう一人おるではないか」

「へえ、あれは元々、仲間じゃねえんで。夜になると浅草をふらついていたんで、金儲けに誘っただけで、へい。逃げるとなると足手まといになりやすんで、煮るなり焼くなり、上から下まで舐めるなり、旦那のお好きなように。ああ、あっしらは誰一人指一本触れてやせんので、ご安心を、へへ」

「おい……」

止めるのも聞かず、ごめんなすってと調子の良いことを言い、暗闇に逃げて行った。

裸で眠るおなごのところへ戻るわけにもいかぬので、目が覚めれば何処へでも行くだろうと思い、信平は深川に帰った。

八

この日は、朝から雲一つ浮かばぬ青空が広がっていた。

爽やかな秋晴れの空とは反対に、久米八太郎の表情はどんよりと暗い。十歩進むたびにため息をついているのではと思うほど、頻繁に深い息を吐き、背を丸めて歩いている。

なくした受取状は信平が手に入れたことを知らぬ八太郎は、善衛門に付き添われ、大洲藩上屋敷内の長屋から出かけて、藩公が待つ御広間に向かっている。

白洲が敷き詰められた庭を横目に廊下を歩み、障子が開け放たれた御広間の前にひざまずく。

「久米八太郎、殿の仰せにより、まかり越しました」

目を伏せて言い、そのまま平伏した。

善衛門は名を告げず、八太郎より少し下の位置に正座したまま、じっと中の様子を窺っている。その態度が気に入らぬと見えて、

「久米、その者は何者じゃ」

上座の右に座る白髪頭の侍が、威圧的に言う。

「はは、この八太郎めの、付添い人にございまする」

「なに、付き添いじゃと」

呆れて言うのは、左側に座る次席家老の三田貞篤だ。

「付き添いの分際で、殿に挨拶をせぬとは無礼な」

「これは、失礼つかまつった」

善衛門が堂々たる態度で三田を睨み、

「それがし、葉山善衛門と申す」

続いて、右の白髪頭に視線を移し、

「古村殿、お久しゅうござるな」

そう言うと、古村が訝《いぶか》り、眉間に皺を寄せた。

「どうやら、それがしのことをお忘れのようだ」

そう言われて思い出したのか、古村が、

「あっ」

と、声を出して尻を上げた。

「久米、今日は大事な日ぞ、殿の許しもなく部外者を連れて来るとは何事か」

今は隠居の身とはいえ、将軍に仕えていた者にこの場にいられてはたまらぬとばかりに、声を荒げる。

「良い」

そう言ったのは、これまで黙っていた藩主加藤出羽守だ。

「しかし殿」

「良いのだ古村。この御仁は、こたびの事に深くかかわりがあるでのう」

「なんと申されます」

「そうであろう、仙石屋」

出羽守に言われても、善衛門の正体を知らぬ仙石屋が動じることはなく、余裕さえ見せて頭を下げた。

なくした受取状の再発行を頼みに来た爺など、今となってはどうでも良いことなのだろう。

「出羽守様、勘定方がお揃いになられたようですので、そろそろおいとまをしとう存じますが」

「うむ、手間を取らせたのう仙石屋。今日で借りた金を全て返すが、また何かあったら、よろしゅう頼むぞ」

「これはこれは、お殿様直々にそのようなお言葉を頂戴し、この仙石屋、身に余る光栄でございます」

「古村」

出羽守が命じると、古村が勘定組頭の大津に向けて顎を引く。

「はは、ただいま」

応じた大津が席を立ち、廊下に出た。

「荷をこれに持て」

大声で命じると、家来の手で千両箱が次々と運び込まれ、仙石屋の前に積み上げられた。

「仙石屋、残りの五千両じゃ」

出羽守がにこやかに言うと、

「はて、足りませぬが」

仙石屋が、首を傾げて言う。

「なに、足らぬじゃと」

「お貸しした額は一万両のはず」

「そのようなことは分かっておる。一《ひと》月前に、五千両返したではないか」

「いえ、返していただいておりませぬが」

とぼけたように言う仙石屋の前に、出羽守が腰を上げて上座から降りた。そのあとに古村が続き、確かに払ったはずだと、詰め寄っている。

慌てる二人の背中を盗み見て、三田と大津が密かに目線を合わせてほくそ笑んだ。

「大津！　どうなっておるのだ！」

古村が顔を真っ赤にして身を震わせ、今にも倒れそうな声で問い詰めた。

「恐れながら申し上げます！」

大声をあげたのは、久米八太郎だ。庭に走り降り、白洲に額を擦りつけて平伏している。

「どうした、久米！」

怒鳴る古村に顔を上げて、八太郎は全てを正直に話した。

「なに、受取状を取られただと！」

それだけでも切腹ものであるが、仙石屋と話が合わない。

古村がそこのところを訊くと、

「一月《ひと》前、確かに五千両を返してございます。この仙石屋が、嘘を申しておるのです」

「たわけ！」

大津が怒鳴り、間に割って入った。

「恐れながらご家老様、この久米は嘘を申しております」

「どういうことじゃ」

「受取状を狐のちょうちんなる盗人どもに奪われたと嘘をつき、藩より預かった五千両を、何処かに隠しているに違いありません」

「なにい！」

「そのようなこと、断じてございませぬ」

八太郎が血相を変えた。

「ええい黙れ！　我らが何も知らぬと思うておるのか」

「大津様、それがしが大津様にご相談申し上げたとき、受取状が見つからねば共に腹を切るとまで申してくださったではありませぬか。それがしが五千両を奪ったなどと、なぜそのようなことを申されるのです」

「調べたからに決まっておろうが。貴様が雇ったという人足もおらぬし、仙石屋の番頭をはじめ下人にいたるまで、貴様が金を運び入れたところを見た者は誰一人おらぬ」

「それは……」

「それだけではない。貴様、そこの爺と二人で仙石屋に乗り込み、受取状を書けと脅したであろう。藩の金を奪っておきながら巷を騒がす盗人のせいにして、仙石屋を脅し、金を受け取っておらぬと嘘をついておるなどとぬかすとは、とんでもない奴じゃ。

この大悪党め」

「…………」

罪人呼ばわりされた八太郎は、悔しさに唇を嚙み締めたが、この時になってようやく、自分が罠にはめられたと、覚った。

「おのれ、騙したな」

大津を鋭く睨み、脇差に手を掛けた。

「殿の前であるぞ久米！」

古村に怒鳴られて思い留まった八太郎は、歯を食いしばった。

「この大悪党めが、本性を出しおったわ」

三田が前に出るや、

「乱心者じゃ、であえ、であえい！」

大仰に叫んだ。

声に応じて、家来どもが一斉に出て来ると、藩主出羽守を取り囲み、警護した。

「構わぬ、この乱心者を斬りすてい」

三田が言うなり、八太郎は脇差を抜いた。

「ごめん！」

刃を己に向け、腹を突き刺さんと腰を浮かせる。

「たわけ！」

間一髪のところで手を止めたのは、善衛門だ。素早く八太郎の手首を取り、捻《ひね》り、脇差を奪い取った。

膝を地面についたまま座敷に向き直った善衛門が、

「出羽守殿、この辺でよろしゅうございましょう」

と、頭を下げた。

何のことかと一同が息を吞む中で、出羽守が警護の者にその場に控《ひか》えるよう命じ、ゆるりとした足取りで上座に戻った。

「葉山殿、彼《か》のお方からこの書状を頂いたときは、この泰興《やすおき》、正直信じられなんだ」

「さもあろう」

「じゃが、まことの大悪人が誰であるか、これでよう分かり申した」

善衛門がこくりと頷き、

「これは、我があるじが狐のちょうちんなる盗賊から取り戻したもの。あとは、出羽守殿にお任せいたす」

懐から書状を出すと、上座に進んで直接手渡した。

それが何であるかを知った三田が目を瞠り、大津がぎょっと息を呑む。仙石屋などは、出羽守にひと睨みされただけで、わなわなと震えだした。

「八太郎めを、連れ帰ってもよろしゅうございますな」

「うむ、これを奪われたことは罪じゃが、葉山殿に免じて、こたびは許そう」

「かたじけない。では……」

背を返した善衛門が、古村の前で止まる。

「古村殿、江戸城本丸にてお会いする日があれば、また語り合いましょうぞ」

善衛門はそう言うと、出羽守と古村に頭を下げ、八太郎を連れてその場を退散した。

「この者どもをひったてい！」

屋敷に出羽守の怒号が響いたのは、善衛門と八太郎が屋敷の玄関から出た直後であった。

九

信平は、寺の門前に置かれた石に腰掛けて、夕焼けに紅く染まる秋の空を眺めながら、大洲藩上屋敷の門から出て来る善衛門を待っていた。

時おり浅草たんぼに視線を落とし、あの夜茶屋に残して帰ったおなごは、あれから
どうしているのだろうと思っていると、善衛門が帰って来た。

「殿、全て、うまくいきましたぞ」

「それは良かった」

「八太郎めがしがみつくようにして泣きますので、遅うなってしまいました」

待たせて済まぬという善衛門と共に、信平は深川に帰るべく、浅草の舟宿に向かっ
た。

浅草寺北の、例の道を歩いていると、向こうからこちらに走って来る人影があった。

「あ、公家の旦那」

「うん？　徳次郎親分か、こんな所で何をしている」

「昼間にお屋敷にうかがいましたら、お初さんから大洲藩の上屋敷に行かれていると
聞いたもので、そろそろお帰りの頃だろうと思って来たところで」

「この道を通ると何故分かった」

「だってほら、舟宿に行くにには、この道がいちばん近道ですから」

「そうであったか」

「それより旦那、こないだの、例の茶屋のことですがね、旦那に言われてすぐに、こ

のあたりの茶屋を片っ端から探しましたが、女は見つかりませんでしたぜ。それどころか、部屋の壁が赤い茶屋なんて洒落たもんは、見つかりませんでしたよ」

「確かに、見たのだがな」

「女に見とれて、黒いもんも赤いように見えたんじゃねえですかい」

「これ、無礼なことを申すでない」

　善衛門に叱られて、徳次郎は首をひっこめた。

「そんなことを言うためにわざわざ来たのか」

「いえ、これはついでですよ、ご隠居様」

「ご、ご隠居と申したかこの……」

「まあまあ、良い知らせを持って来たんですからご勘弁を」

「なんじゃ、はよう申せ」

「へい、こたびの狐のちょうちんの件と、るべうす事件のことで、公家の旦那に御奉行様から感謝状が出たそうで。それもただの感謝状じゃなく、金一封付き」

「なに、それはまことか」

「ご隠居じゃなくて、公家の旦那にですよ」

「分かっておる。たとえ少しでも、今は助かるのじゃ。して、いつもらえる」

「御奉行の名代《みょうだい》として、五味の旦那が今お屋敷で待っておられます。ほっとくと寄り道して帰るから呼んで来てくれとお初さんが言うものですから、あっしがこうして来たってわけで、旦那も、お好きな口ですかい」

酒ではなく女のほうを示すので、信平は憮然とした。

お初は、時々信平が料亭朝見に行くことを良く思っていないのだ。

「とにかく急ぎましょう。五味の旦那が鯛の尾頭付きを奮発して、首を長くして待ってますんで」

「おお、鯛か、久しぶりじゃのう」

善衛門が急に機嫌を良くし、徳次郎を急かす《せ》ように足を速めた。

二人の後ろを歩いていた信平は、ふと、浅草たんぼに目を向け、思わず息を呑んで立ち止まった。

秋の夕焼けに紅く染まるたんぼの中に、真っ白な毛をした狐がちょこんと座り、じっと信平のことを見ていたのだ。太くて長い尻尾をゆるり、ゆるりと振り、信平から目を離そうとしない。

「殿、いかがされた」

「善衛門、あれを見よ」

信平が一瞬だけ目を離した隙に、白狐は姿を消していた。

後年、この地に移転して来る新吉原に伏見《ふしみ》と名がつく町が作られ、郭《くるわ》の三つ角に稲荷神社が創建されたのは、男を魅了して騙す狐のちょうちんの噂が広まったのが原因であるかどうかは、定かではない。

二見時代小説文庫

公家武者《くげむしゃ》 松平信平《まつだいらのぶひら》 狐《きつね》のちょうちん

著者　佐々木裕一

発行所　株式会社 二見書房
東京都千代田区三崎町二－一八－一一
電話　〇三－三五一五－二三一一［営業］
〇三－三五一五－二三一三［編集］
振替　〇〇一七〇－四－二六三九

印刷　株式会社 堀内印刷所
製本　ナショナル製本協同組合

落丁・乱丁本はお取り替えいたします。
定価は、カバーに表示してあります。

ISBN978－4－576－11058－5
http://www.futami.co.jp/

姫のため息 公家武者 松平信平2
佐々木裕一［著］

江戸は今、二年前の由比正雪の乱の残党狩りで騒然。背後に紀州藩主頼宣追い落としの策謀が……。まだ見ぬ妻と、舅を護るべく公家武者の秘剣が唸る。

四谷の弁慶 公家武者 松平信平3
佐々木裕一［著］

千石取りになるまでは信平は妻の松姫とは共に暮せない。今はまだ百石取り。そんな折、四谷で旗本ばかりを狙い刀狩をする大男の噂が舞い込んできて……。

暴れ公卿 公家武者 松平信平4
佐々木裕一［著］

前の京都所司代・板倉周防守が黒い狩衣姿の刺客に斬られた。狩衣を着た凄腕の剣客ということで、疑惑の目が向けられた信平に、老中から密命が下った！

千石の夢 公家武者 松平信平5
佐々木裕一［著］

あと二百石で千石旗本。信平は将軍家光の正室である姉の頼みで、父鷹司信房の見舞いに京の都へ……。松姫への想いを胸に上洛する信平を待ち受ける危機とは？

妖《あや》し火 公家武者 松平信平6
佐々木裕一［著］

江戸を焼き尽くした明暦の大火。千四百石となっていた信平も屋敷を消失。松姫の安否を憂いつつも、焼跡に蠢く悪党らの企みに、公家武者の魂と剣が舞う！

蔦《つた》屋でござる
井川香四郎［著］

老中松平定信の暗い時代、下々を苦しめる奴は許せぬと反骨の出版人「蔦重」こと蔦屋重三郎が、歌麿、京伝ら「狂歌連」の仲間とともに、頑固なまでの正義を貫く！

剣客相談人 長屋の殿様 文史郎

森詠［著］

若月丹波守清胤、三十二歳。故あって文史郎と名を変え、八丁堀の長屋で貧乏生活。生来の気品と剣の腕で、よろず揉め事相談人に！心暖まる新シリーズ！

狐憑きの女 剣客相談人2

森詠［著］

一万八千石の殿が爺と出奔して長屋暮らし。人助けの万相談で日々の糧を得ていたが、最近は仕事がない。米びつが空になるころ、奇妙な相談が舞い込んだ…。

赤い風花《かざはな》 剣客相談人3

森詠［著］

風花の舞う太鼓橋の上で旅姿の武家娘が斬られた。瀕死の娘を助けたことから「殿」こと大館文史郎は巨大な謎に立ち向かう！大人気シリーズ第3弾！

乱れ髪 残心剣 剣客相談人4

森詠［著］

「殿」は、大川端で心中に見せかけた侍と娘の斬殺死体を釣りあげてしまった。黒装束の一団に襲われ、御三家にまつわる奥深い事件に巻き込まれていくことに…！

剣鬼往来 剣客相談人5

森詠［著］

殿と爺が住む八丁堀の裏長屋に男装の女剣士が来訪！大瀧道場の一人娘・弥生が、病身の父に他流試合を挑む凄腕の剣鬼の出現に苦悩、相談人らに助力を求めた！

夜の武士《もののふ》 剣客相談人6

森詠［著］

殿と爺が住む裏長屋に若侍を捜してほしいと粋な辰巳芸者が訪れた。書類を預けた若侍が行方不明なり、相談人らに捜してほしいと…。殿と爺と大門の剣が舞う！

笑う傀儡《くぐつ》 剣客相談人7

森詠［著］

両国の人形芝居小屋で観客の侍が幼女のからくり人形に殺される現場を目撃した「殿」。同じ頃、多くの若い娘の誘拐事件が続発、剣客相談人の出動となって……

日本橋物語 蜻蛉屋お瑛
森 真沙子［著］

この世には愛情だけではどうにもならぬ事がある。土一升金一升の日本橋で店を張る美人女将が遭遇する六つの謎と事件の行方……心にしみる本格時代小説

迷い蛍 日本橋物語2
森 真沙子［著］

御政道批判の罪で捕縛された幼馴染みを救うべく蜻蛉屋の美人女将お瑛の奔走が始まった。美しい江戸の四季を背景に人の情と絆を細やかな筆致で描く第2弾

まどい花 日本橋物語3
森 真沙子［著］

〝わかっていても別れられない〟女と男のどうしようもない関係が事件を起こす。美人女将お瑛を捲き込む新たな難題と謎…。豊かな叙情と推理で描く第3弾

秘め事 日本橋物語4
森 真沙子［著］

人の最期を看取る。それを生業とする老女瀧川の告白を聞き、蜻蛉屋女将お瑛の悪夢の日々が始まった…。なぜ瀧川は掟を破り、触れてはならぬ秘密を話したのか？

旅立ちの鐘 日本橋物語5
森 真沙子［著］

喜びの鐘、哀しみの鐘、そして祈りの鐘。重荷を背負って生きる蜻蛉屋お瑛に舂遠き事件の数々…。円熟の筆致で描く出会いと別れの秀作！叙情サスペンス第5弾

子別れ 日本橋物語6
森 真沙子［著］

風薫る初夏、南東風と呼ばれる嵐が江戸を襲う中、二人の女が助けを求めて来た……。勝気な美人女将お瑛が、優しいが故に見舞われる哀切の事件。第6弾！

二見時代小説文庫

やらずの雨 日本橋物語7

森 真沙子［著］

出戻りだが病いの義母を抱え商いに奮闘する通称とんぼ屋の女将お瑛。ある日、絹という女が現れ、紙問屋若松屋主人誠蔵の子供の事で相談があると言う。

お日柄もよく 日本橋物語8

森 真沙子［著］

日本橋で店を張る美人女将お瑛に、祝言の朝に消えた花嫁の身代わりになってほしいという依頼が……。多様な推理小説を追究し続ける作家が描く下町の人情

桜《はな》追い人 日本橋物語9

森 真沙子［著］

美人女将お瑛のもとに、岡っ引きの岩蔵が凶報を持ち込んだ……「両国河岸に、行方知れずのあんたの実父が打ち上げられた」というのだ。シリーズ第9弾！

冬蛍 日本橋物語10

森 真沙子［著］

天保の改革で吹き荒れる不況風。日本橋も不況風が……。賑わいを取り戻す方法を探す、女将お瑛の活躍！天保の改革に立ち向かう江戸下町っ子の人情と知恵！

枕橋の御前 女剣士 美涼1

藤 水名子［著］

島帰りの男を破落戸から救った男装の美剣士・美涼と剣の師であり養父でもある隼人正を襲う、見えない敵の正体は？ 小説すばる新人賞受賞作家の新シリーズ！

姫君ご乱行 女剣士 美涼2

藤 水名子［著］

三十年前に獄門になったはずの盗賊と同じ通り名の強盗が出没。そこに見え隠れする将軍家ご息女・佳姫の影。隼人正と美涼の正義の剣が時を超えて悪を討つ！